GOBOOKS & SITAK GROUP ©

GOBOOKS
& SITAK
GROUP©

三日月書版

三日月書版

靈偵少年
01 失魂
輕世代
蒔舞 著
六百一 繪
三日月書版

靈偵少年

楔子

那是他這一輩子裡，第一次看見靈魂的存在。

過去他只聽別人說起過那個存在鬼怪的世界，卻從來不曾見過。

但在那時候，他真的見到了一個人的靈魂是怎麼從身體裡被活生生扯出來的。

『我已經厭倦照顧你了，今天起你得獨立自主了，小西。』

他已經不記得自己當時是什麼感覺，哭也哭不出來，腦子裡只剩下一個單音節，像是壞掉的警報器一樣地嗡嗡作響。

他看著景言——那個和他一起長大，從未分離過，猶如他半身的兄弟。他看著他的神情，看著他傷痕累累的身體，看著他從額角流下來的鮮血，看著他望向自己的眼神。

他怎麼會不知道景言真正想說的是什麼。

你自由了。

景言想說的是：你自由了。

他想回答他，但卻一個字也說不出來。那道無形的牆擋住了他們，他看著景言的魂魄生生被扯了出來，他看著那個魔王的神情是如此地驕傲，看著景言的神情是多麼地快樂。

景言在最後的時候，望了他一眼，充滿了歉意。

在他還沒弄懂那是為什麼之前，景言的魂魄整個炸開來。他記得自己尖叫了起來，直到再也沒辦法發出聲音為止。

在那一瞬間，整個吵雜的世界像是靜止一般，什麼都停下來了。

無形的牆消失了，他爬到景言身邊。景言的身體還像活著一樣帶著溫度，但他知道景言再也不會醒來了。

把景言的身體負在背上，他只想著要把景言帶回去。往回走的時候，他發現景慎行倒在地上掙扎著。

他停在那裡猶豫了幾秒。他把景言放在一棵樹下，讓他好好靠著，替他抹乾淨臉上的血，才轉身走近景慎行。

「……你怎麼了？」

景慎行抬起頭來望著他的目光有些訝異，像是沒想到他還會關心他。他臉色慘白地扯了下嘴角，笑得像在哭，「……同命符的效用……他死了……他死了……」

路小西蹲在他面前，又回頭看了看像是睡著了的景言，一邊抹掉臉上的淚水，「你會死嗎？」

景慎行抓著胸口的衣服，像是不能呼吸，喘著氣緩緩點頭，「……遲早……」

「遲早的意思表示不是現在？」路小西又問了句。

景慎行這回真的笑了下，開口的語氣很溫和，「你可以……幫小言報仇，把我扔下就好……動手殺我，你會作一輩子惡夢的……別髒你自己的手。」

路小西沒有回答，只是站起身，回頭脫下身上的外套，又把景言背起來，用外套緊緊把人固定在自己背上。再走回景慎行身邊，小心翼翼保持平衡地蹲下，側頭看著他，「把手給我。」

景慎行不可思議地望著他，隨即又搖搖頭，「……讓我死……讓我死在這裡……」

「我才不會便宜你，你要回去收拾善後，你要回去告訴璇姐你做了什麼，告訴哥哥們你是怎麼害小言跟子青的，你不准死在這裡！」路小西用從沒用過的尖銳語氣說著。

景慎行愣了一下，然後慢慢抬起了手，讓路小西撐住他的身體，一步一步往回走。

有很多一輩子都沒見過的恐怖鬼怪朝路小西衝過來，但路小西只是麻木地看著那些東西衝過來，再一個個被某種金色的光芒彈開。

好一陣子他才意識到，他們是被自己頸上掛著的那條皮繩給打走的。但他也不在意，景言都死了，他還在意什麼？

他使勁地背著景言走，他至今仍然記得那份負在背上的重量。

他怕的不是重，而是那份慢慢變冷的感覺。

路小西喘著、哭著，用盡全力地往前走，然後感覺到景慎行的腳步慢慢變得沉重；直到那份重量完全壓在他身上，他支撐不住地摔倒在地上。

「對不起，小言，對不起，痛不痛？」路小西連忙爬起來，摸著剛剛壓著的景言的腿，然後突然間意識到景言不再會感到痛了。

他站在那裡，感覺到背部一片冰冷；貼在頸邊的景言的臉，是那麼地冷。

路小西閉上眼睛，他從來沒感受過什麼叫絕望。他跪坐在地上放聲大哭，在一片模糊的視線裡，他突然看見了一幅景象，那麼清楚。

他看見了景言，朝他笑著，有些不好意思，又有些抱歉，然後揮了揮手轉身消失在原地。

「小言——」路小西一下子站了起來，但背上的重量太重，他支撐不住又跪坐在地上。

他伸手抹了抹臉，確認眼前什麼也沒有。

他坐在地上呆了很久，才又重新站起來，用盡全力地，把景慎行撐起來，幾乎是拖著他行走。他只想著他要把他們都帶回去，不管他剛剛看見的是什麼，或許將來總有一天，他能再見到景言。

總有一天——

01 新生的開始

他突然間從床上驚醒。

他一身是汗卻渾身發冷，喘著氣，抹著臉上的汗水，忍不住下床衝進浴室去沖熱水。

他永遠也忘不掉背上那個冰冷僵硬的身軀有多麼沉重，有多麼冰冷。

路小西低著頭讓熱水從背上淋下，他深吸了口氣，抹掉臉上的水珠。直到水燙到他覺得受不了，才關水好好梳洗。

等他換上衣服，走出浴室的時候，鬧鐘差兩分就會響，他伸手拍掉鬧鐘走出房門。

苗子青已經坐在那裡看著早報。過去路小西常常笑他跟老人一樣，明明平板拿出來就可以看線上新聞，他卻老愛看報紙。

「早。」苗子青抬頭看了他一眼，又望了下鐘，「起這麼早。」

「太熱了，起來沖水。」路小西倒了杯水喝，「萌萌還沒來？」

「快到了，說在路口。」苗子青翻著報紙，抬頭望了路小西一眼。整張臉被熱水燙得紅通通的，誰會睡得太熱起來沖熱水的？但他沒有問。

從景言離開他們之後，他們也都變得不一樣了。

他放棄了打球，在大考前的時間裡和路小西一起死命苦讀考上明青大學部。

在景言走的那天，路小西哭了一晚上，講述他看見的事；但在那之後，他再也沒見過路小西掉過一次眼淚，他們也沒有再去談論過景言的死。

他們只是死命地唸書，靠自己的力量考上明青。猶如他放棄打球一樣，路小西堅持他要離家住宿，沒有人勸得住他。

他沒有贊成也沒有反對，也沒有詢問任何人的意見，直接搬去與路小西一起住。他知道路小西拿他沒辦法，於是他們現在住在學校路口的公寓裡，是專門租給學生住的，兩人一間剛剛好。

他們從出生就認識了，一起生活一起長大，他習慣了照顧路小西；但顯然現在路小西不想要人照顧了，於是他們形成一個有點失衡的狀態。他們之間常常有那種一觸即發的衝突，但他們卻不像以前那樣用吵架來解決了。

也許是心裡知道，景言走了，他們只剩下彼此了。

苗子青把根本沒看進去幾個字的報紙折起來。他習慣了早起晨練，清早已經去學校後山跑過幾圈了，所以總是比路小西早起，他也總能看見路小西清早被熱水燙得通紅地走出房門。

他嘆了口氣，正打算去看他那個寶貝女朋友怎麼還沒來的時候，門鈴就響了。

苗子青鬆了口氣，連忙跑去開門。

百里惜風兩手提著早餐袋子，一臉紅撲撲地站在那裡，煙粉色的髮絲被汗水黏在頰上，扁著嘴抱怨：「熱死我了。」

苗子青連忙接過她手上的早餐，把一大包重得要命的豆漿放到廚房去，倒在鍋裡開火煮，「我開冷氣給妳吹。」

「不用了，一下子就涼了。」百里惜風把和式桌前的坐墊鋪好，把桌上的報紙攤開來鋪在桌上，「早餐，快點。」

苗子青沒抱怨他還沒看完那張報紙，只把早餐放上去讓百里惜風分發。

路小西從廚房裡聞香走出來，「好香喔，妳買了豆漿？」

「嗯，你喜歡的巷尾那間。」百里惜風笑著拿起早餐盒，「給你買了蔬菜蛋餅。」

「太好了！萌萌我最愛妳了。」路小西連忙衝過來接過蛋餅，百里惜風好笑地把早餐盒遞給他。

「喂！尊重一下身為她男朋友的我好嗎？」苗子青不滿地嚷著，百里惜風塞了一個飯糰到他手上。

「你的，有加蔥蛋沒酸菜。」

「謝了～」苗子青開心地接過飯糰，大口地咬下去。他跟路小西不一樣，對百里惜風說不出什麼喜歡還是愛的，總覺得一個大男人說這種話怎麼聽都很彆扭。

百里惜風只覺得好笑，走到廚房去把煮開的豆漿倒出來，幫苗子青加冰塊，把熱豆漿給路小西，自己喝著豆漿加米漿。

「萌萌，等下幫我看一下我是走左邊小路進教室還走右邊的金色大道？」

「喔。」百里惜風放下咬了一口的蛋餅，從制服外套口袋裡掏出條雪白的手帕好好鋪在桌上，才從制服裙的口袋裡掏出三個古錢幣。

她把錢幣捂在手裡搖了幾下扔在手帕上，歪著頭皺起眉，「嗯……今天可能躲不過了。」

「不會吧……」苗子青哀嚎了聲，伸手掩住臉，「啊啊煩死我了……」

百里惜風一臉無奈地望著他，想想又搖了搖手上的錢幣再扔了一次，有些苦惱地看了半晌，「……盡量朝東邊走吧，別往西去，大不吉。」

「你也差不多一點。」路小西一直慢條斯理地在喝自己的豆漿，終於還是看不下去地開口，「萌萌早餐才咬了一口，就得幫你占卜今天該走哪條路，你怎麼不看每日星座算了。」

「路小西，你別把萌萌的卦術拿來比雜誌上的每日運勢好不好。」苗子青瞪了回去。

「她的卦術超準的。」

「我可沒說萌萌的卦術不準，我是說你躲得了一時也躲不了一世啊。除非你想轉學，不然你還有四年要過耶，你能躲那個學長多久？」路小西翻了翻白眼後，低頭喝他的豆漿。

百里惜風覺得好笑，又有點同情苗子青，「你沒有明白跟你學長說你不打球了嗎？」

「說了幾百次了，他根本不聽人說話的。」苗子青一臉受不了地回答，然後低頭看看錶，「萌萌，妳早自習來得及嗎？」

「嗯，還可以，走上去只要十五分鐘，來得及的。」百里惜風撿起她的蛋餅又咬了口，看著他們倆都把豆漿喝完了，「還要不要豆漿，我去倒？」

百里惜風見苗子青跟路小西都點頭，便放下蛋餅起身走向廚房去倒豆漿。因為這兩個大男孩實在太會喝，所以她索性去豆腐攤買豆漿，煮一下就能喝，而且便宜又大碗。

路小西看著她的背影，再望了苗子青一眼，沉默了幾秒才用著像是很平常的語氣開口：「你幹嘛不打球了？」

「那你幹嘛不住家裡了？」苗子青用著像是心不在焉的語氣反問，接著咬了口自己手上的早餐，目光盯著桌上的早報。

路小西沉默了下來，苗子青也沒有開口，就一直安靜到百里惜風回來。百里惜風把倒好的飲料推到苗子青面前，「你的豆漿。」

「謝謝。」苗子青拿著他的冰豆漿，望著百里惜風把熱豆漿塞給路小西。「妳快吃吧，等下晚了還得跑地獄坡。」

「嗯。」百里惜風啃著只剩下幾口的蛋餅，隨手又把她的錢幣拿起來搖，擲了一次，隨即皺了皺眉地把錢幣收起來，又扔了一次。

路小西喝著豆漿，盯著她的錢幣看，她扔了兩次，三個錢幣都是一模一樣的一正兩反。他沒怎麼學過卦看不太懂，但他看著百里惜風皺著眉扔了第三次，仍然是一正兩反，好奇地開口問，「萌萌妳問什麼？」

「……沒什麼，不重要的。」百里惜風只是笑了下，收起她的錢幣，把手帕折好塞回口袋裡，專心地吃早餐。想想她又望向路小西。

「別叫我萌萌了，叫習慣暱稱會不小心在學校裡叫出來的。」百里惜風突然想到似地望著路小西。

「叫習慣了嘛，萌萌多可愛呀。」路小西笑著說，換來百里惜風一個白眼。

苗子青一直心不在焉地翻報紙，一邊看百里惜風把剩下幾口的早餐吃完了，一邊收拾東西正拿起發票要看時，被路小西伸手搶走，「今天輪我付了。」

苗子青也沒堅持，他們向來習慣輪流付帳。

百里惜風趁路小西跑進房拿錢包的時候，湊近苗子青小聲開口：「你最近要注意一下小西身邊的人，剛剛顯示的卦象不太對勁。」

「哪方面的不對勁？」苗子青皺起眉地詢問。

「人，或者不是人……總之，最近開始接近他的都注意一下好了。」百里惜風輕聲開口：「我回家再完整地卜一次卦。」

「妳知道因為高中部女生流傳的『大學部王子排行榜』，每天有多少人想接近他嗎？」苗子青翻著白眼無奈地回答。

「講得好像你不在排行榜上面一樣。」百里惜風好笑地回答。

「我都光明正大地說我有女朋友就解決了。」苗子青一臉得意地說。

「所以原來女朋友就是拿來當擋箭牌的是吧？」百里惜風好氣又好笑地瞪著他。

「這不就是有女朋友的功用嗎？」苗子青理直氣壯地回答。

「不要一早就在家裡打情罵俏好不好？」路小西走回桌前，算好剛好的錢塞給百里惜風。

「誰跟他打情罵俏。」百里惜風也大方收下早餐錢，順便瞪了苗子青一眼。

苗子青只好轉移話題，轉頭看著路小西，「萌萌說你最近走桃花劫，接近你身邊的不管是男是女都要小心點。」

「欸……為什麼人家都桃花運我是桃花劫呀？」路小西好笑地回答，倒沒真的很在意的模樣。

「反正……小心點就好了。」百里惜風也沒多說什麼，三個人準備好就離開了公寓。

苗子青正在鎖門，路小西走在百里惜風身邊。

「轉學進明青的高中部也兩個多月了，新的班級還習慣嗎？」

百里惜風聳聳肩，「都差不多。」

「有人欺負妳嗎？」苗子青從身後跟上來，「有人找妳麻煩要說。」

「沒什麼的，這間學校比之前那所好多了。都是些優等生，唸書都沒時間了，哪還懂得欺負人。」百里惜風笑著說。

苗子青望了她一眼，也沒再說什麼。

倒是路小西看起來有點不太放心，「那有沒有交到新朋友？」

「我不需要朋友。」百里惜風直覺地回答，看到路小西愣了一下，才又開口解釋，

「我們這種人，跟普通人交朋友……結果都不太好。」

百里惜風有些苦笑。

路小西有些遲疑地望著苗子青，對方只是聳聳肩沒回話。

路小西一直到後來才知道，百里惜風跟景言、苗子青三個人都是所謂的「世家子弟」，在他們那個圈子裡，他們都被稱為「天師」。

但他們之中，只有景言和苗子青算是正統的天師。不過苗子青上頭有姐姐跟爸爸都還在工作，和景言家中只有一枝獨苗的情況不同，苗子青還沒有出來工作的必要，也因此才有時間成天跟在他身邊顧著他。

百里惜風是「明鋪」的三老闆，明鋪看似是間普通的香燭鋪，但舉凡這個業界裡所有需要的各種工具明鋪都買得到，小到苗子青手上的鈴，大到求雨用的祭臺，只要客人說得出來，明鋪就交得出來。百里惜風身為明鋪三老闆，業界人幾乎沒有不認得她的。

而路小西一直是被當成普通人養大的。他從小就聽苗子青像說故事一樣地說起他們那個世界，但從來沒有顯現過那方面天分的他，向來都活在那個圈子之外。也因此當百里惜風這麼說的時候，他才又意識到，自己跟他們是不一樣的。

路小西仔細一想，確實他從來沒看過這兩個親兄弟一般一起長大的好友，他們有跟同學或什麼朋友出門的機會。

過去的十八年間，苗子青除了在他們那個所謂的「協會」裡學習以外，其餘時間都花在他還有籃球上。

在他那個慘澹的十八歲生日之後，這一切都改變了：苗子青不願意再走進協會，不再打球；而他不肯住在家裡，不想繼續當那個聽話的好孩子。

他猜想苗子青不再打球的原因跟他不想待在家裡的理由是相同的，但他跟苗子青從來沒有討論過，更不用說是提起那天的事。他想搬出來獨立生活，苗子青也跟著搬，他趕不走苗子青也只能認了；幸好百里惜風加入了他們，在他們之間維持了個平衡。

「你不要想太多啦，是我天生孤僻，交朋友好麻煩。」百里惜風見他沉思，連忙又開口解釋了一下。

路小西朝她笑了下，「我只是想說，不管如何，在班上有個朋友也好比較有照應。畢竟還有一年要過，之後要直升的話，說不定還會再碰上同班同學，至少試著交點朋友？」

「小西說得對，不管怎麼樣在班上有朋友總是有好處的。」苗子青也開了口，笑笑地說：「也減少被人找麻煩的機會，高中女生總一群一群的，只要落單很容易被找麻煩。」

百里惜風遲疑了會兒，最後還是點點頭，「嗯。」

路小西看起來開心了點，「要有人找妳麻煩就跟我說，我幫妳出氣。」

「這句臺詞是我的吧？」苗子青不滿地瞪向路小西。

「男朋友了不起啊！明明萌萌先看上我，為什麼她是你女朋友啊？」

「誰說她先看上你的！我國二就認識她了！」

百里惜風翻白眼，朝他們倆揮了下手就自行趕路上地獄坡，懶得聽他們鬥嘴。對他們倆來說，所謂的「女朋友」只是拿來說著玩的，事實上她連有沒有跟苗子青在談戀愛都不知道。

雖然他們每週固定約會一次，他們三個每天一起吃早餐，每天放學苗子青會先陪她回家才回住處，但她也不懂這是不是就算在戀愛了。

但說實話她也不介意，她長這麼大沒交過幾個朋友，現在這樣的關係她已滿意得不得了，她不想破壞也不想變化，她現在最擔心的只有剛剛手上的卦象。

她在跑進學校大門之前又回頭看了眼還慢吞吞走在斜坡下面打鬧的兩人。苗子青的腳程當然比路小西快得多，但她知道他就算遲到也不會丟下路小西一個人先走。

她好笑地搖搖頭，決定晚上回家要好好再來卜一次卦。

路小西早上其實沒課，他到學校裡頭的福利社買了袋零食，悠閒地走到校舍後方靠山的那一頭。

那裡有著一道矮牆，過了那道牆就可以直接進到國家公園裡。矮牆有道門，在早上七點開放到晚上七點，很多學生會從那條路到後山去運動。

矮牆之前是一塊空地，四周種滿了銀杏。從後山下來一直到學校裡的矮牆內，那條路上全是銀杏樹，季節一到就整片的金黃色，美得不可思議，學生都叫那裡做金色大道。

而門邊那塊空地上有個小土地公祠，是許多學生們的心靈寄託，聽說只要在考試前來誠心祈求的話，通常都能順利通過。

路小西此時就走在金色大道上，他本來沒有特別要來拜拜的，但他哥千叮嚀萬交代，叫他一定要記得來「拜碼頭」，於是他只好買了他哥交代的東西來拜拜。

土地公祠旁有塊大石碑，上面坐著一個年輕人，看起來大概二十來歲，也許是研究生也不一定。

那人有著一對濃眉搭著一雙細長的鳳眼，看起來很漂亮的眼睛，眼神卻十分銳利；高挺的鼻梁和有著稜角的下顎，臉型看來像是個外國人，也許是混血兒也不一定；一頭過長的濃密黑髮在後腦隨意紮了起來。這人雖然長得很端正，但總覺得有些陰沉。

路小西和那人對上了目光，禮貌地朝對方笑了一下就走到土地公祠前蹲下，從袋子裡拿出了一瓶涼茶、一袋烤蕃薯、一包白瓜子、一兩普洱茶葉，好好地放在盤子裡。

接著點了香，好好地照著他哥的話在嘴裡無聲唸著。

「土地公祖，我是路愉寧的弟弟路小西，今年剛入學，來給土地公祖請安。希望土地公祖保佑我順利過完四年，我初一十五都會來跟您請安的。」

路小西唸完，把香插好。抬頭看見石碑上那年輕人正盯著他看。見他望過來，年輕人咧開笑開口：「這年頭誰還喝那種東西啊？一點都不好喝。」

路小西愣了一下才意識到對方說的是他上供的涼茶，「土地公公喜歡就好。」

「誰跟你說土地公喜歡喝這玩意兒的？」那年輕人看起來一臉無奈。

「……我哥說的，從以前大家就都拿這拜拜呀？擲筊的時候土地公公也說喜歡的。」路小西開始覺得這人是不是來找麻煩的。

「那你現在再擲一次，問看看土地公喜不喜歡？」那年輕人跳下石碑，抱著雙臂好笑地望著他。

路小西開始有種不太對勁的感覺，可這人除了給人一種奇怪的陰沉感以外又感覺不出別的惡意，但要說陰沉……這人其實看起來很開朗，他不太確定那種奇怪的陰沉感究竟是什麼。

「不用了，我該走了。」路小西沒有收供品，提著他的袋子就走。

那人看起來一臉無聊的樣子，盯著他的袋子時突然眼睛一亮，伸手指著他的袋子。

「給我那個好嗎？」

路小西低下頭看著自己的袋子，裡頭放了二瓶可樂一瓶雪碧，是要給苗子青跟百里惜風的。他猶豫了會兒，看著那個人臉上期待的神情，就伸手從袋子裡拿出瓶可樂遞給他，「嗯。」

「謝了。」那年輕人開心地接過可樂，跳回石碑上穩穩坐著，開了可樂灌了一大口，滿意地嘆了一聲，又打了個嗝，活像幾百年沒喝過可樂一樣。

那模樣讓路小西忍不住笑了起來。

「別坐在石碑上比較好，土地公公會生氣的。」路小西好心地開口。

「反正祂又不在，這裡現在我最大，我愛坐哪兒就坐哪兒。」年輕人笑嘻嘻地說著。

路小西愣了一下，正想開口的時候，聽到身後有人跑過來的腳步聲。

「小西？」

路小西回頭，百里惜風朝他小跑了過來，「你怎麼拜這麼久？」

苗子青在後面慢慢地跟上來，有些不滿地開口：「鈴聲都快響了，等下萌萌得跑回教室的。」

路小西扁了扁嘴，悄悄湊近她，小小聲地開口：「遇到怪人。」

百里惜風探頭朝他身後望去，空無一人，又回頭望著他，「什麼怪人？有沒有對你怎樣？」

苗子青四處張望，「又遇到跟蹤狂了？」

「小聲點啦。」路小西有點尷尬推了下苗子青。

百里惜風跟苗子青都一頭霧水，「人都走了，小聲幹嘛？」

路小西愣了一下，回頭望去。那年輕人還坐在石碑上喝著他的可樂，朝他眨眨眼睛，然後消失在石碑上。

路小西站在原地愣了好久，直到百里惜風推了推他，「小西？你到底怎麼了？」

苗子青皺了皺眉，抬手看看手上的鈴，一點動靜也沒有。他往前走了幾步，抬頭望著四周，又低下頭低頭朝土地公祠拜了拜，才又走回他們身邊。

「有點奇怪。」苗子青一手攬著一個人，迅速往回走，「這裡陰氣有點重，但理論上土地公祠周遭不會有鬼的。」

「可能有陰神來訪？」百里惜風猜測著。

路小西則突然間懂了那個陰沉的感覺是什麼，原來就是苗子青說的陰氣。

「你剛剛說看見什麼怪人？」苗子青突然回頭望著他。

路小西猶豫了下，只聳聳肩，「看起來像是研究生，說很渴，硬跟我A走一瓶可樂。」

聽路小西這麼說，苗子青稍微放心了下來。

但百里惜風望了下路小西，也沒說什麼，只是走過去伸手翻了翻他的衣領，把他頸上那條皮繩拉出來摸了兩下，才又塞了回去。

這時預備鈴響了起來，百里惜風連忙回頭，「我回去上課了！」

「小心點。」苗子青連忙喊著。

「別摔倒了。」路小西也喊著，心裡有點後悔不早點回來，也省得碰上怪人……或者是怪鬼。他回頭望著苗子青，問，「還有一節課就中午了，萌萌是要說什麼？怎麼不中午再說。」

「她說同學約她吃中飯，中午不跟我們一起了。」苗子青聳聳肩地說著。他抬起手上拿著的袋子，「她先去搶了福利社的超讚涼麵，等下中午吃吧。」

「萌萌終於交到朋友啦？」路小西看起來挺開心的模樣。

「誰曉得，過了兩個月才約她吃飯，誰知道有沒有什麼目的。」苗子青不予置評地說。

「說得也是……那不然我們中午去看看？」路小西興致勃勃地扯著苗子青。

苗子青愣了一下，他很久沒見到路小西對什麼事很有興致的模樣，「萌萌會不會生氣呀？」

「她才不會生我們的氣，去給她撐個腰，是你作為人家男朋友的責任呀！」路小西理直氣壯地說。

「喔，好吧，那就去看看吧。」苗子青也想認識一下想跟百里惜風做朋友的人。

路小西看起來開心點地往回走。他們倆這堂都沒課，本來打算先回家等萌萌吃飯的，現在有新方案了。

苗子青朝路小西看了眼，知道他突如其來的興致並不是真的想認識百里惜風的朋友，只是在轉移話題。

「所以，你剛剛看見什麼了？」

路小西停頓了會兒，心想終究是瞞不過苗子青。從小到大都是這樣，這傢伙明明一副熊樣，看起來大剌剌的，心卻比誰都還要來得細。

「我也不確定。」路小西有些不甘願地回答：「如果是鬼，肯定就沒有我看得見你們卻看不見的道理了。」

「你看見土地公公了？」苗子青睜大眼睛望著他。

「那才不是土地公公。」路小西嫌棄地瞪了他一眼，「可能就是你們說的什麼來作客的吧，陰沉沉的。」

「他有跟你說什麼嗎？」苗子青有些不安地問。

路小西搖搖頭，「只跟我要了可樂，我給他了。」

苗子青放心了點，「那就好，下次再看到那種東西就閃遠點。」

苗子青想了想，從自己衣領裡頭拉出一條綴滿了小鈴的細金鍊往他身上戴。

路小西抱怨著：「萌萌有給我皮繩了，不要什麼東西都往我身上塞啦。」

「是省我麻煩。這樣碰到怪東西的時候，才不會花我太多力氣。過幾天沒事了要還我的。」苗子青沒好氣地說。

路小西只扁了扁嘴沒再抱怨，好好地把那條金鍊小心翼翼地塞進衣領下。

他怎麼會不知道這條鍊子有多貴重，那是苗子青出生的時候，苗伯伯特地去明鋪訂做的。聽說是百里惜風的曾奶奶親手製的鈴，苗子青從出生起就沒拿下來過幾次。

他知道苗子青是為他好，而他願意收下也是因為苗子青從來不對他說「這是為你好」。他已經聽過太多這種話，他不需要任何人再為了他做出任何為他好的事，他從來就不想要。

他想起這件事就覺得一陣寒氣從背上一路滑了上來，整個背部都是冰冷的，彷佛景言還讓他背在身上。那種重量，那種冰冷，他想他一輩子也忘不掉……

路小西有點恍神的時候，苗子青突然用力地一掌打在他背上，把他打回神來。

「會痛耶！」路小西馬上瞪著他抱怨著。

苗子青只回望了他一眼，神情有些微妙，「誰叫你走神。」

「走神會死喔！」路小西忿忿不平地摸著自己的背，苗子青打得真的有些用力，火辣辣地疼，但背上那種冰冷的感覺完全消失了。

「小西，我們去看看大哥他們以前那個社辦好嗎？」苗子青突然開口。

「可是社團不是廢止了？」路小西撇了撇嘴角。

他們一入學就去找過，後來發現那個社團在半年前被廢社了。他們打聽不出為什麼，加上剛入學要做的事實在太多，籃球校隊的隊長又追著苗子青不放，所以他們一直沒機會去找那間社辦。

「好呀，我一直想看那本社團日記。」路小西想想，扭頭望著苗子青，「我們去找吧。」

「嗯。」苗子青又在他背上不輕不重地拍了下。「走吧。」

路小西這回沒再抱怨，兩個人一起朝著金色大道走出去。沒走多遠，路小西想想又回頭望去，那個年輕人正坐在石碑上朝他揮手，倒著手上的可樂瓶晃了晃，彷彿在提醒他這瓶喝完了。

路小西倒不覺得有什麼害怕的感覺，只覺得那個不知道是神還是鬼的傢伙有夠厚臉皮。路小西難得孩子氣地朝他做了個鬼臉，就回頭跟上苗子青。

不管是鬼還是什麼東西，只要苗子青在身邊，他有什麼好怕的。

路小西想著，伸手摸了下頸上的兩條鍊子，笑著走在苗子青身邊。

02 如影隨形的女鬼

上午第四節課，在老師走進門前，大家都放鬆著心情小聲地聊著等下要吃什麼，或是中午要做些什麼，快要到休息時間前都是一片悠閒的景象。

百里惜風右前方的女生甩著一頭及腰的長髮，回過頭來朝她笑了下，「中午一起唷。」

「嗯。」百里惜風回以微笑，她記得那個女孩叫王慈心。

在班上總是四個女孩形成一個沒有人插得進去的小圈圈。女生班總是這樣，三兩成群為不同的小團體，像她這樣喜歡一個人獨來獨往的也是有。但她也敏銳地感覺到，獨來獨往的女生裡大多都是被欺負的女孩。

她是轉學生，在高三才轉進這所一貫制的學校，以明青來說是幾年都沒見過的特例。也許是被班上同學當成什麼權貴人家的小姐，剛開始還有人常常來搭話，問東問西的；後來發覺她沒什麼背景，人也不是特別開朗之後，很自然地沒有人理她了。

本來可能狀況沒那麼快變糟的，偏偏那個之前對她很親切的班長，一直私下嚷著說被她騙了。她只感覺到莫名其妙，從頭到尾她就沒跟對方搭上幾句話，更沒提過她家裡的事，她還真不知道她騙了對方什麼。

而那個班長恰巧是學校董事的女兒，似乎向來就是個要風得風要雨得雨的個性，所以以她為首的一群在班上算是最大的一個群體了；而王慈心也很特別，她母親是家長會的會長，董事會什麼不怕就怕家長會，所以班長就算再任性也不怎麼敢得罪王慈心。

因為王慈心她媽媽出名的愛女如命。幸好王慈心雖然前兩個月沒跟她搭過話，但也沒找過她麻煩，看模樣是個挺正常的開朗女孩，不怎麼驕縱任性的模樣，才讓百里惜風答應跟她吃飯。

她們一群四個人，以王慈心為首。李詩玫有著一頭俐落的短髮，看起來精明幹練但個性有些害羞；宋亞蓉個性低調不多話，長髮總是鬆鬆的在胸前紮成二束馬尾；陳秀薇個子嬌小，有著齊眉瀏海，短髮微捲地覆在頸上，是個相當有活力的女孩。

四個女孩都不太嬌氣又可愛，除此之外，大部分原因也是早上路小西的叮嚀，她才決定交個朋友也沒什麼壞處。

老師晚了五分鐘進門，阻止大家起身行禮，匆匆忙忙地要大家打開課本；就在這時候，百里惜風手上的鈴突然間響了起來。

清脆的響聲在大家一起翻書的時候並不明顯，但她卻聽得一清二楚。

百里惜風連忙按住手上的鈴。她察覺一陣陰氣慢慢散布在教室裡，窗外的榕樹劇烈地搖晃起來，樹枝拍打在窗臺上，把窗邊的學生們嚇了一跳。

在大家都轉頭望著窗外的時候，她卻朝另一邊望去。她看見李詩玟的身後貼著一個女孩，緊密得沒有空隙。身上穿著的是她們學校的制服，微低著頭，下顎幾乎貼在李詩玟肩上，就像親密無比的好姐妹一樣，而那女孩的手慢慢地抬起，環上李詩玟的腰。

李詩玟渾然不覺，只打了個冷顫，摩擦了下手臂像是覺得有點冷。

百里惜風皺起眉，正在猶豫的時候，突然一聲尖叫在後面響起。她回頭正好看見宋亞蓉尖叫著後退然後摔倒在地上，臉上蒼白得沒有血色。李詩玟跟宋亞蓉隔了兩個座位，連忙回頭去扶宋亞蓉。

百里惜風看著那個女孩，身上的制服是冬天的；仔細看了下樣式，似乎又有哪裡不同，但她一時之間也看不出來。

她看著那女孩慢慢地跟著李詩玟接近宋亞蓉，但只走了兩步，突然之間停了下來，慢慢地轉頭望著她，沒有瞳孔的眼睛，渾濁無神地直視著她。

百里惜風沒有反應。那女孩只是緩緩地歪著頭，如果她活著的話，那該是個可愛的動作，但她死了，她只是直直地站立在那裡，頭慢慢偏著直到形成九十度為止。過度拉扯的頸子滲出血液，瞬間染紅了半邊制服，而她歪著頭望著百里惜風，唇角咧開了個笑容，是真的裂開，兩邊唇角直裂開到耳邊，露出了粉色的牙齦。

百里惜風仍然沒有反應，只是放開了一直壓著左手腕的右手，瞬間鈴聲大響，從四面八方傳來。

那女孩尖叫了起來，雙手掩住了耳朵，瞬間消失進入了李詩玫的身體，鈴聲也停了下來。

教室裡的學生紛紛抬頭左右張望，都不明白鈴聲是從哪裡來的；而百里惜風皺著眉轉過頭去，卻發現宋亞蓉正滿臉驚恐地望著她，而老師已經走過去詢問宋亞蓉。

「妳是不是沒吃早餐？臉色好差。」

「我……我不太舒服……老師我可以去保健室嗎……？」宋亞蓉連聲音都有些顫抖。

「嗯，找個人陪妳……」老師轉頭望向四周。

李詩玫正要開口的時候，宋亞蓉又搶先開了口：「莫惜風，我可以請莫惜風陪我嗎？」

宋亞蓉轉頭望向百里惜風，用著懇求的目光望著她。

李詩玫愣了一下，倒也沒說什麼，有些疑惑地望著宋亞蓉。

王慈心連忙站起來望著百里惜風，「惜風妳可以陪亞蓉去保健室嗎？」

百里惜風只好點點頭。

老師只交代了下要聽從保健室老師的指示，就讓百里惜風扶著宋亞蓉離開教室。

百里惜風在外面都是用「莫」這個姓，因為她父親姓莫；而她是跟著曾奶奶姓，繼承的家業也很特別，不希望外傳，因此在外面她便一直自稱莫惜風。

百里惜風扶著宋亞蓉。一直到離開教室很遠了，宋亞蓉才顫抖著嗓子，小小聲地開口：「……妳看見了對不對……不是我瘋了對不對？」

百里惜風看她嚇得連腿都在顫抖，走也走不穩，沒有否認，沒拐彎抹角地直接開口：「那種東西不會無緣無故跟著人，妳們做了什麼？」

「我……」

宋亞蓉一想到昨晚的事，又顫抖了起來。這時候保健室門突然間開了，保健老師正好走出來，看見她們倆的時候愣了一下，「不舒服嗎？」

「我們是三年六班的學生，我同學不舒服。」百里惜風簡短地回答。

「先進來吧。真糟，網球場有同學受傷。」保健室老師把她們帶進保健室，幫宋亞蓉量了血壓，給了她一瓶保久乳，要她喝了就躺著休息；吩咐百里惜風陪著宋亞蓉，若有事馬上打電話給她，就忙著跑出保健室了。

宋亞蓉斜躺在床上，好一陣子才不那麼害怕，又喝了點牛奶，才緩緩地開口：「昨晚……秀薇提議說要玩錢仙……」

百里惜風翻了翻白眼，不管是什麼時代，總有年輕女生會去做這些無聊事。「出了什麼問題嗎？誰放了手？」

宋亞蓉用力搖頭，「一切都好好的……真的……」

「錢仙錢仙請出來。」

「錢仙錢仙請出來。」

「錢仙錢仙請出來。」

「錢仙錢仙請出來。」

她們坐在黑暗的教室裡，一點明火在黑暗中搖曳著，微微照亮女孩們年輕的面孔。臉上的神情是興奮、緊張、好奇，也許還有些害怕。

四個女孩將手指一起按在一個十元硬幣上，輕聲地齊聲唸著咒語般的詞句，桌面上鋪著一張白紙，上面密密麻麻地寫滿了字，排成一圈一圈的圓形。

四個女生唸完一輪，指尖的硬幣沒有動靜，四個女生對看了幾眼，一下子又笑了起來。

「小聲點啦，等下被發現就完蛋了。」王慈心伸出空著的手去打李詩玟一下，自己卻也忍不住地笑。

「我就說沒用的，秀薇還堅持一定要玩這個。」李詩玟忍著笑低聲地說著，轉頭望向陳秀薇。

陳秀薇鼓起臉頰說：「Ｂ班的玲玲就是玩了錢仙，召來了月老公公，拜託祂幫忙牽線才追到學長的，亞蓉也聽過的對不對？」

宋亞蓉有些遲疑地點點頭，「嗯……玲玲的確說過，慈心那天也在的。」

宋亞蓉說著，指向最先開口的王慈心。而王慈心轉向李詩玟小聲地說，「大家還不都是為了幫妳，誰叫妳誰不好暗戀要去暗戀那個大學部新生排行第三的搶手貨。」

李詩玟紅了臉嘟起嘴來，「我喜歡他才不是因為他長得帥，是因為……」

「他在妳跌倒的時候幫妳把東西撿起來，還送妳去醫務室。」三個女孩一起回答。

「都聽妳說過幾百次了，而且他哪裡是帥，年度校花長得還沒他漂亮。」王慈心好笑地睨了她一眼。

陳秀薇笑著接上：「好了好了，我們再試最後一次，不成功就放棄回宿舍睡覺了。」

女孩們應了聲，又一起把手指放在錢幣上，輕聲唸著咒語般的詞句。

比較安靜的宋亞蓉突然打了個寒顫，總覺得有股涼風吹過她後頸，她悄悄抬眼望向牆邊一整排窗戶，她明明記得窗全關緊的。

窗外那棵大家都很喜歡的大榕樹，此刻用一種猙獰的姿態在窗外搖曳著，樹枝敲打在窗上發出的細微聲響，像是急切地想說些什麼，讓她覺得整個人汗毛都豎立了起來。

她正打算開口讓大家放棄的時候，手上的錢幣突然間動了一下，讓她差點尖叫出聲，連忙單手掩住了嘴。

王慈心興奮地眨著眼，望向其他人，「誰動到了？」

幾個女孩全部搖搖頭，指尖的錢幣開始慢慢地在紙上繞著圈。

每個人的神情都帶著些緊張和期待，王慈心深吸了口氣，輕聲開口：「請問……您是來幫助我們的嗎？」

硬幣在繞了幾圈之後，滑到了「是」字上面。她們四個全都興奮了起來，王慈心抑制著情緒，望向李詩玫，小小聲開口：「快問啊。」

李詩玫有些緊張，只清了清嗓子，壓低聲調開口：「我、我想請問您，我喜歡大學部人類學系一年三班的路小西，我跟他有可能在一起嗎？」

硬幣在紙上滑了幾圈，停在「沒」字上。李詩玫差點哭出來，一下子眼眶都紅了。

王慈心連忙開口：「那您可以幫詩玫嗎？她真的很喜歡路學長，上次您幫了B班的玲玲，您也可以幫我們嗎？」

硬幣這回在紙上轉了更久才滑向「可」這個字。

四個女生驚喜地叫出來，又連忙閉了嘴。李詩玫馬上破涕為笑，「謝謝您！那我可以跟他告白嗎？」

硬幣停在「不」上，王慈心馬上接著問：「那詩玫可以接近他嗎？先跟他做朋友之類的？」

四個女孩屏著氣息等著，指尖的硬幣滑行後停在「等」字上。李詩玫心裡有點急，想想又開口問：「那我可以做什麼呢？」

硬幣慢慢地滑到數字圈去，指出「57263」這個數字，幾個女孩面面相覷，不確定那是什麼意思；但硬幣只指出這組數字就沒動靜了，一會兒陳秀薇突然叫了起來，「是學號!!」

「妳小聲點！」王慈心連忙把食指豎在唇間，但其他人也都恍然大悟為什麼這組數字這麼眼熟。

「學號是連號的吧？這組號碼是我們班的？」陳秀薇望著其他人問道。

一直很沉默的宋亞蓉點點頭，「跟我的只差十二號，應該是我們班的。」

李詩玫又開口問：「請問，是這個學號的人可以幫我嗎？」

硬幣在滑到「是」的時候，她們又開心了起來。王慈心歪著頭想了半天，「這學號是誰的呀？」

「明天我值日，我翻一下點名簿就知道了！」陳秀薇連忙舉手自薦。

李詩玫開心地笑著，「謝謝您幫我，我要怎麼感謝您呢？」

宋亞蓉覺得這麼問不太好，但同伴似乎都沒這麼想，只是妳一言我一語地討論要用什麼供品。

「請問……」宋亞蓉終於忍不住小小聲地開口問，「您是幫過B班玲玲的月老公公嗎？」

在硬幣滑到「不」的時候，女孩子們全安靜了下來。

宋亞蓉卻也沒有勇氣問祂是誰，王慈心連忙開口：「我看今天就這樣吧，我們送錢仙回去。」

就在她這麼說的時候，硬幣突然又滑到字上，她們下意識地嚥著口水，彷彿這樣可以把恐懼吞下肚，卻只眼睜睜地看著錢幣滑到「週」、「五」這兩個字上。

「意思是……要我們週五再來嗎？」王慈心小心翼翼地問，而硬幣滑到「是」。

四個女孩又互望了一陣，陳秀薇細聲開口：「可是週五有晚自習，不是那麼容易溜出來……」

她話還沒說話，指尖的硬幣猛然地衝向了「不」又轉頭滑向「行」，就這樣在兩個字間快速移動，力道大得讓她們差點都放了手。

王慈心差點哭出來，連忙大聲地說：「知道了，我們會來，一定會來，您不要生氣。」

硬幣才慢了下來，四個女孩抖成一片，只紅著眼睛不知所措地望著彼此。

最後還是王慈心用著有些顫抖的語氣開口：「那……我們可以請您回去休息了嗎……」

硬幣在滑到「可」那個字上之後，沒等她們唸出送仙的語句，就慢慢地靜止在正中央了。

幾個女孩此時還不敢鬆手，直到硬幣靜止了大約五分鐘都沒動靜後，王慈心才小聲開口：「應該走了吧……」

等她慢慢地把手指移開，其他人也才放開手，幾個女孩都鬆了口氣，抹了下眼淚，揉揉僵硬的手指。

宋亞蓉望著窗外那棵大榕樹，原本一直劇烈搖曳著敲打窗戶的枝葉突然間靜止了下來。她突然間有種好像大樹在跟她說「沒用了，一切都沒用了……」的感覺。

「……至少祂有幫我們，可能只是寂寞想找人說說話吧。」沉默了好一陣子，王慈心才小聲開口。

沒有人反駁她，至少這個解釋聽起來還是善意的。陳秀薇勉強露出個笑容，拍了下李詩玫，「我明天趕快找找那學號是誰。等妳跟學長交往了，別忘記給我們也找個不錯的呀。」

李詩玫這也才有些不好意思地笑出來，「八字都沒一撇呢。」

「反正就這麼定了。」王慈心笑嘻嘻地說，站起來收拾著桌上的紙張和蠟燭。

女孩們盡量地說笑，好掩飾心裡的那點不安。只有宋亞蓉一直很安靜，但她平時個性就比較文靜，其他人也都習慣了她的沉默。

直到她們把東西收拾好，想安靜離開的時候，宋亞蓉目光掃過所有人，突然間僵在原地。只掃過一眼的感覺並不是那麼準確，但她確定她瞥見了四個人影，但明明除了她之外只有三個人……

她僵直著身體慢慢轉過頭去，然後不由自主地停止呼吸，尖叫的慾望被卡在喉嚨裡叫不出聲。她清楚地看見李詩玫身後站著個女孩，微低著頭，髮長剛剛好遮住臉頰，露出白皙的頸脖，就這麼緊緊地貼在李詩玫背後。

就在宋亞蓉僵在那裡動彈不得的時候，那個女孩像是意識到她的目光一樣，慢慢地側過頭。微抬起的臉在黑暗中五官並不明顯，但那一雙沒有瞳孔的眼睛卻雪白得近乎明亮。

「亞蓉妳怎麼了？」

陳秀薇發現宋亞蓉一直站在那兒不動，伸手去碰了宋亞蓉一下，她整個人就像觸電般跳了起來。急速轉身的時候她絆到桌腳，整個人摔在地上。

「亞蓉！」陳秀薇也嚇了一大跳，連忙蹲下來扶她，「妳怎麼了？對不起我不是故意嚇妳的。」

宋亞蓉的呼吸過於急促，幾乎說不出話來，她滿臉驚恐地望向李詩玫，卻發現那個恐怖的女孩已經不見了。

「亞蓉妳怎麼了？」王慈心有些擔心地伸手拉她，和陳秀薇兩個人合力把她拉起來。李詩玫一邊回頭望著她，一邊把她弄亂的桌椅輕聲拉回原位。

「沒、沒事，嚇了一跳而已……我們快走吧……」宋亞蓉顫抖著，不敢把剛剛看到的事說出來，緊抓著王慈心的手臂，只想快點離開這裡。

「嗯，快走吧，校警要巡邏了。」陳秀薇推著她們離開。

宋亞蓉在離開教室前，忍不住又回頭望了一眼。窗外的榕樹安安靜靜地立在那裡，路燈透過枝葉縫隙灑進的光線，就像一雙雙閃亮的眼睛正在盯著她看。

「……我很害怕，如果可以的話我很想當成那是場夢，明天睡醒了一切都會恢復正常。」宋亞蓉抹著眼淚，除了李詩玫喜歡的人是路小西這件事，她沒敢不經李詩玫同意就說出來以外，低著頭把一切都說了。

「這是妳們找我吃飯的原因？因為我能幫妳們？」百里惜風問著，臉上倒沒什麼不開心的模樣。

宋亞蓉更覺得不好意思，「我們之前也想找妳說話的，可是班長一開始一直纏妳，妳知道慈心討厭班長……後來班長不找妳之後，我們也就不好故意去找妳，沒必要的話，慈心不想跟班長起衝突。」

百里惜風點點頭，她大概能理解這種女生班裡的「政治」問題。

「對不起，但我們不是要利用妳什麼的，我們只是抱著不管靈不靈，至少交個朋友也不錯。因為妳看起來也不是很喜歡跟同學在一起的樣子，所以我們之前才沒特別找妳……」宋亞蓉道歉的模樣非常地真誠，而且她說的也是實話，百里惜風總是下課就不見人影，更不用說午休跟放學，除了上課時間，她幾乎都跟苗子青和路小西在一起。

「不用介意，我本來就沒有抱著要交朋友的心態才轉進這學校的，是我朋友一直要我在班上交些朋友，所以如果妳不介意我個性不好的話，就交個朋友吧。」百里惜風也不是什麼扭扭捏捏的個性，大方地開了口。

宋亞蓉愣了一下，笑了出來，「嗯，我們做朋友吧！」

百里惜風朝她笑了下，再看看時鐘也快午休了，「妳要是好點了，我們就回教室吧，快下課了。」

宋亞蓉一邊下床，又想起那個鬼東西，打了個寒顫，拉住了百里惜風的衣袖，「那個……會不會再出來？她會對詩玫怎麼樣嗎？」

「我不知道，但是我會找出原因的……妳說錢仙告訴妳我的學號，說我能幫妳們？」

宋亞蓉用力點頭，「早上秀薇查過，就是妳的學號。」

「嗯。」百里惜風應了聲，有點心不在焉地想著。她又不是蘇雨那票天師，可不是什麼鬼都認得她，這下可得仔細地查查了。

苗子青按著他姐姐說的地點，找到了那間社辦教室。

「鎖著耶。」路小西看著那個閃亮亮的大鎖，顯然是不希望有人進去。「到底是為什麼會廢社呀？沈哥沒說過呀。」

沈孟瑜是特偵組第十小隊的成員，他還在明青的時候曾經是這個靈異研究社的成員，聽說那時候社裡成員高達六、七十人。他也是他們認識的人裡最後一個有加入這個社團的人。

苗子青見社辦窗戶都被用報紙糊得緊緊的，一點隙縫也沒透出來，他伸手摸了下窗框的時候，手上的鈴突然間響了起來。他下意識拉住路小西的手臂往身後扯，伸直了手臂的時候，臂上的金環落到手腕間，他抓住一個環在手上，警戒地望著那間教室。

但他的鈴只響了一聲就沒再發出聲音，他把路小西按在原地示意他不要動，自己走近教室窗邊，側耳聽看看，裡頭卻什麼動靜也沒有。

他抓起那個鎖，正考慮要不要闖進去的時候，路小西湊了過來，「要開看看嗎？」

苗子青正想推開他，卻被路小西狠狠地瞪了一眼，嚴厲的神情裡帶著點忿怒，「不要叫我站在你背後。你想進去我就要進去，不然誰也別進去。」

苗子青沉默了會兒，他不是不明白路小西的心情，但也不想貿然帶著路小西闖進去，於是放開了那個鎖。「你記得沈哥女朋友在我們學校嗎？今年好像大四。」

路小西不太確定他突然轉移話題是為什麼，只點點頭。

「社團是半年前廢社的，我們可以去跟她打聽看看。既然她能跟沈哥一起，說不定她知道是什麼原因廢社。」苗子青說著，但路小西一臉疑惑地望著他。

苗子青嘆了口氣，「如果你非得要進去的話，我們找個安全點的方式進去，這你沒意見吧？」

「嗯。」路小西點點頭，兩個人有些尷尬地沉默了會兒。午休鐘聲突然間響了，路小西鬆了口氣，扯了下苗子青的袖子，「走吧，我們去找萌萌在哪兒。」

理論上，明青這麼大的學校，要找到一個人是幾乎不可能的事；苗子青也不是特別會找人，但他有不論什麼狀況都絕對找得到的兩個人，一個是路小西，一個是百里惜風。

苗了青從口袋掏出個鈴，放在手裡轉，發出了清脆的聲響，他每走幾步就搖個幾下，一路走到體育大樓後面的小樹林。

果然大樹下坐著五個女孩正在野餐，百里惜風正好背對他們。路小西笑著輕快地走過去，蹲在她身後伸手摸她的頭，「原來背著我們吃這麼香的東西。」

百里惜風正咬了一大口豬排三明治，被路小西拍一下差點噎到。

路小西好笑地拍拍她的背，「不是故意嚇妳的，別噎著了。」

百里惜風努力把嘴裡的食物嚥下去，雙眼發亮地望著路小西，「超好吃的！」說著把手上咬了兩口的三明治移到他面前，路小西很習慣地就咬了一口，也跟著雙眼發亮，「天啊，哪兒買的？」

百里惜風伸手指著李詩玟，「詩玟做的，她超會做菜的。」

李詩玟本來僵在那裡，一臉快哭出來的模樣，看見路小西盯著她看，馬上紅了臉，半句話也說不出來。

「是呀，詩玟很會做菜，可以比得上大廚的！學長要不要吃？」還是王慈心趕忙開口，邊推了李詩玟一把。

「好啊！謝謝。」路小西笑著，從紅著臉的李詩玟手上接過三明治，開心地拆開細心包好的油紙。

「你來蹭吃的呀？不是給你買午餐了？」百里惜風好笑地瞪了他一眼。

「才不是，是妳男朋友說要來認識一下妳交的新朋友。」路小西笑嘻嘻地說。

百里惜風這才覺得身後有人，抬起頭來，苗子青正一臉無奈地站在那裡。百里惜風想也知道路小西是胡說的，忍不住住笑了起來，「就說西邊大不吉了還過來。」

苗子青也蹲了下來，省得百里惜風扭到頸子，邊忍不住笑地伸手抹掉她嘴角的醬汁，「是小西擔心妳，所以過來看看。」

苗子青說著望向四個盯著他不放的女生，溫和地笑著開口：「惜風讓妳們照顧了。」

四個女生全部紅著臉用力搖頭。

路小西差點嗆著，連搥了胸口好幾下才沒噎死，心想，再怎麼說苗子青也曾跟著協會會長左意風好一陣子，想表現溫柔的德性也不是裝不出來。

百里惜風一直在忍笑，她抹了下眼角，把手上剩下半個三明治放下來，「吃不下了啦。」

苗子青瞪了她一眼，說這麼噁心的話還不是為了給她撐點男朋友的派頭。

陳秀薇反應比較快，連忙開口：「原來苗學長是惜風的男朋友？」

苗子青愣了一下，沒想到這些女生認得他，後來才想起來自己也是那個什麼鬼排行榜上有名的，只無奈笑笑，抬手按著百里惜風的頭，「麻煩妳們幫我照顧她，這丫頭就是孤僻了點。」

百里惜風聽得出他話裡的真誠，心裡覺得有點暖，只笑笑地說：「我哪裡孤僻，不是有朋友陪我吃飯嗎？」

「是啊，以後我們兩個得自己吃飯了，多可憐。」路小西嘆了口氣，不忘再咬了口三明治。「這真是超好吃。」

王慈心正想打蛇隨棍上地約他們一起吃飯的時候，苗子青突然臉色變了，伸手拉起百里惜風的手。她左手上繫著條紅絲線上頭綴著顆鈴，而那顆鈴現在裂了條縫。

苗子青神情嚴肅地望著她手上的鈴，「妳遇到什麼了？」

宋亞蓉本來心情還算平靜，一聽臉色就變了。

百里惜風搖搖頭，朝苗子青開口，「沒事，回去再解釋，不用擔心。」

苗子青皺了皺眉，沒說什麼，心想幸好百里惜風也不是什麼吃素的主，只把手上的環抹了兩個下來，塞給百里惜風。「戴著，要這兩個也裂了，妳就別進學校了。」

百里惜風好笑地瞪了他一眼，還是乖乖地把過大的環套進手腕裡。

苗子青站起身來，正打算要跟這幾個女孩道別的時候，突然間鈴聲大作，像是整個樹林裡都綴滿了鈴一樣，宋亞蓉馬上尖叫了起來。

苗子青伸手拉起路小西，而百里惜風動作更快，已經跳起來擋在路小西身邊。

其他女孩先是忙著問宋亞蓉怎麼了，但隨即發現李詩玫雙手按著胸口臉色發青。

路小西突然被扯了起來，還一頭霧水的時候，百里惜風已經站在他面前了。

路小西愣了一下，那裡，一向是景言的位置。

他知道百里惜風想代替景言保護他，但他真的不想再讓人護著他了，可悲的是他沒有任何能力保護他自己。

你不是沒有能力，只是你不知道。

路小西嚇了一跳，那聲音就像是出現在他腦海中一樣。他抬起頭來，那個早上見過的年輕人就站在不遠處看著他笑，像是惡作劇般地抬手彈了下手指，用食指指著他。

你幫我，我就幫你。

在路小西還愣著的時候，那個年輕人又轉身消失在原地，而旁邊傳來的尖叫聲把他喚回神來。

那還是路小西第一次真正地看見所謂的鬼。那麼一個漂亮的年輕女孩，本來該有一雙靈秀的大眼睛，但她那一雙眼睛卻沒有瞳孔，白慘慘地像是在瞪著他；小巧的下顎像是附著蛆的腐壞肉塊，可以從腐肉裡見到森森白骨；而纖細的頸部裂開一道俐落刀口，血液染紅了她的半身，像是穿著一身血紅的制服。

在意識到自己見鬼的那一瞬間，濃重的血腥味撲鼻而來，他退後了兩步撞到身後的苗子青，差點把剛剛吃的東西吐出來。

苗子青皺著眉望向他，「你看見了？」

路小西有些驚慌地點頭，伸手指向李詩玫，「她背後……」

話沒說完，苗子青抬手把他的手拉下去，「別指，會被注意到的。」

現在的狀況很亂，王慈心忙著讓李詩玫躺下來，但她只是不停地掙扎；而宋亞蓉哭叫著縮在一邊，陳秀薇不停地安慰她，搞不清楚發生什麼事。

路小西看著百里惜風站在李詩玫面前，疑惑地望著苗子青，「你怎麼不上？」

苗子青只是搖搖頭，「那東西不是我的專長。」

但那剛好是百里惜風的專長。

她站在李詩玫面前，望著她背後那個緊緊勒住她頸子的女生，她拉起胸口的十字架，語氣嚴厲，「亞蓉不要再哭了，秀薇跟慈心幫我按住詩玫。」

王慈心愣了一下，猶豫地問，「不用送保健室嗎？」

「玩錢仙搞來的東西，去保健室能治什麼。」百里惜風說著，把身上那條十字架項鍊連同那個女鬼一起套在李詩玫頸上，再從口袋裡掏出張符紙，端正地跪坐到李詩玫面前，語氣聽起來溫和，整個人的姿態卻帶著不容拒絕的氣勢，「按住她。」

王慈心跟陳秀薇連忙幫忙壓住痛苦掙扎的李詩玫，宋亞蓉抹抹臉淚，也爬過來幫忙按著她。

百里惜風掏出枝墨筆，快速在符紙上寫了幾個字，轉頭望著王慈心，「知道詩玫農曆生日什麼時候嗎？不知道的話國曆也可以。」

「呃、六月十五日。」王慈心只猶豫了會兒就回答她。

百里惜風快速地在符紙上鬼畫符似地寫了好幾個字，扔了墨筆開始折手上那張符紙，沒幾下就巧手折出個人形。

她從手腕上的棉繩裡抽出一根細針，拉起李詩玫的右手無名指刺了一下，擠出顆血珠抹在那個紙符人身上。

就在這個時候，一直勒住李詩玫的那個女孩，似乎知道發生了什麼事，鬆開了手想飛快地逃開，卻被李詩玫頸上那條十字架項鍊困住了。

百里惜風的動作很快，伸手就扯住那個女孩的頸子，整個把她提了起來，人也站起來並退了兩步，左手扯著那個女鬼，塞進她右手的那個符紙人裡。

一陣大風掃過，大樹上的枝葉亂飛，她闔上雙眼站得直挺，嘴裡無聲唸著咒文，任風吹亂她的髮絲和裙襬。她以一種神聖的姿態，優雅地立在原地不動，只像是憑空地做了個合掌的姿態，等她張開雙眼的時候，那陣大風也隨之靜止。

這回，連原本看不見的王慈心和陳秀薇都看見女鬼了，幾個女孩全癱在地上說不出話來。

而百里惜風把女鬼塞進符紙人之後，那個符紙人還不停地在她手心跳動，她秀眉一擰地罵著：「再鬧我就燒了妳。」

苗子青好笑地走過去，「給我吧。」

百里惜風想想就交給他，順便交代道：「我還有用的。」

「知道。」苗子青點點頭，拿出條綴著鈴的紅絲線把那個符紙人綑了起來，才塞進口袋裡。

路小西直到現在才回過神來，伸手拉住苗子青的衣袖，驚訝道：「媽呀萌萌好猛呀！」

「我女朋友當然猛。」苗子青抱著手臂看起來倒挺得意，臉上的笑意是難得的溫柔。

百里惜風沒理會他們倆，走到王慈心她們面前，語氣認真地開口：「錢仙是妳們惹來的，我會解決掉，但今天的事不能說出去。亞蓉只是嚇到了，多安慰她就好；詩玫被附身了幾天，帶她去看這個醫生，吃幾天藥就會好的。」

百里惜風拿了張醫生的名片給王慈心，然後站了起來，「跟老師說我發燒了請假回家，我得盡快處理那東西……然後，如果妳們不想再跟我做朋友我能理解，但請記得不要把這件事情說出去，對妳們自己也沒好處。」

百里惜風說完轉身要走的時候，王慈心連忙站了起來叫住她，「惜風。」

百里惜風停下腳步，王慈心走近她，臉上神情有些不好意思，小小聲開口：「謝謝妳……救了詩玫，對不起我們的確是別有意圖才接近妳的，但是我們沒有惡意，就算路學長不喜歡詩玫也沒關係，如果妳還願意的話，請跟我們做朋友。」

百里惜風其實也稍微鬆了口氣，她雖然並不是特別想交朋友，但有朋友的感覺其實還挺好的，她笑了起來，也有些不好意思，「嗯，那……我得去處理那鬼東西。」

「老師那裡我會說的，妳放心。」王慈心點點頭，也朝苗子青和路小西揮手，「麻煩學長了。」

等他們三個人走了之後，陳秀薇扶著神智不清的李詩玟，急著開口問：「慈心，莫惜風到底是……」

「我聽我媽說過，有個協會是專門處理鬼事的，聽說裡面有幾個很厲害的都是明青畢業的。」王慈心轉頭去幫忙扶起李詩玟。宋亞蓉也終於停止哭泣地振作了起來。

「所以……莫惜風是那個協會的？不是聽說她家是開香燭鋪的？」陳秀薇不解地問。

「如果是處理鬼事情的，當然少不了香燭鋪，而且不管怎麼樣，她都幫了我們。」王慈心和陳秀薇一起把李詩玟架起來朝保健室走，宋亞蓉顫顫巍巍地跟在後頭。

陳秀薇想了想，最後也點點頭，「嗯，至少週五我們不用再去玩錢仙了。」

「我再也不要玩了！」宋亞蓉突然大叫了起來。

王慈心和陳秀薇嚇了一跳，卻都笑了起來，王慈心連忙安慰她，「好，以後都不玩了，不玩了。」

宋亞蓉又氣又羞，邊抹著眼淚邊跟著王慈心她們，心裡想著不曉得百里惜風帶走的那個女鬼，會不會再跑出來。

想到這裡她又打了個冷顫，連忙跟上王慈心她們，她只希望再也不要再見鬼了。

03 靈研社廢社的原因

百里惜風蹺了課，向苗子青把那個符紙人給要了回來，打算帶回家處理。

「在我那兒處理就好了，要帶回去嗎？」苗子青不解地問。

「我有些事情想確認一下，在我屋裡安全點。」百里惜風沒有把錢仙認得她的事說出來，「你們倆下午都還有課吧，快去上課了。」

「自己都蹺課了還說什麼。」路小西笑著說。

「我可是有正事要做的。」百里惜風轉身要走，走了幾步又回頭來望著他們倆，「乖乖的啊，別吵架。」

「我們才不吵架。」苗子青撇撇嘴角說，路小西做了個鬼臉。

百里惜風笑了起來，朝他們揮揮手，轉身的時候邊走邊開口，「那就乖乖的，吵個架吧。」

兩個人都愣了一下，對看了一眼，都沒說什麼。安靜了好半晌，苗子青才開口：「我們去找學姐吧。」

「下午的課呢？」路小西問。

「辦正事呢。」苗子青理所當然地開口，路小西笑著跟在他身後。

苗子青打電話給沈孟瑜的同事姚綺月，她也是景言的表姐，確認了沈孟瑜的女朋友慕敏華是大四法語系後，他們請姚綺月幫忙約了慕敏華在福利社的餐廳見面，兩個人就坐在餐廳裡閒聊些不著邊際的事。

他們各點了杯飲料，路小西喝了口花草茶，吐吐舌頭地推開，隨口抱怨：「難喝死了，除了小言誰喝這種鬼東西……」

話沒說完就沉默了。

他們從來不討論景言的事，有幾次苗子青想問，但路小西閃過了話題，幾次之後他們再也不提起景言。

苗子青沒說什麼，把自己飲料裡的冰塊撈掉跟他對換，「喝我的吧，天這麼熱，去冰就好了。」

「謝了。」路小西也沒說什麼，情緒有點低落地接過那杯冰奶茶。

兩個人安靜地喝著飲料，沒幾分鐘，一個女孩就朝著他們走過來，直接在他們面前坐下，漾著開朗的笑容，「是子青跟小西吧？我是慕敏華。」

「學姐好。」兩個人連忙打招呼，他們倆都聽說過慕敏華但沒見過她，路小西有些好奇地問：「學姐怎麼認出我們的？」

「嗯……我見過子青。」慕敏華轉向苗子青有些遺憾地笑了下。「只是你那時候還在醫院。」

「嗯，謝謝學姐照顧，我聽月姐說起過。」苗子青勉強笑了一下。慕敏華大概也沒想提起這件事，只笑著把話題轉開。

「怎麼了，學校裡有什麼事要姐姐我幫忙的？」慕敏華可愛地笑著，望向他們兩人。

「我們是想請問沈哥參加過的那個靈異研究社，學姐知道為什麼會廢社嗎？」苗子青小聲地開口。

慕敏華猶豫了會兒，「這件事啊……」

「有什麼……不能說的理由嗎？」路小西連忙開口問道。

「是你們的話可能不是什麼問題，但是校長不讓人復社才是問題。」慕敏華雙手撐著下巴有點無奈地說：「你們想查這個的話，要小心校長。」

「跟校長有什麼關係？」苗子青不解地問。

「廢社的原因，就是因為校長的獨子，在社辦自殺。」慕敏華湊近他們小聲地說。

他們兩個愣了一下，對看了一眼，路小西開口：「之後就廢社了？」

「本來是封鎖了一段時間，後來要繼續活動的時候，社辦鬧鬼。」慕敏華更小聲地說：「孟瑜說這件事很奇怪，社辦有那本日誌鎮著，根本不可能會鬧鬼。」

「那日誌呢？」路小西趕緊問。

「不曉得，在封鎖教室之前，當時的社長用過各種方法拜過、求過、跪過都沒用，最後就鎖在社辦裡了，之後有學生偷偷闖進去想看看傳說中的日誌，結果日誌沒見到，反而見鬼了，嚇得送療養院去。」慕敏華說著，停頓了會兒像是在思考，「聽說他最近回來上課了，你們可以打聽看看，他是政治系二A的學生叫方文翊。這件事還挺紅的，上過報呢，但就是因為鬧太大了，校長就完全封鎖了社辦，違規要退學的，從此沒有人敢再去闖那間社辦。」

路小西露出失望的神情，苗子青也覺得有點沮喪，這下要是沒弄好，得退學的。

「我們大哥跟學校董事交情很好，校長怎麼不讓協會幫忙呢？」苗子青疑惑地問。

慕敏華嘆了口氣，「現在的校長才上任三年。他跟以前的校長不一樣，是無神論者，根本就不信神鬼之事，那間教室是因為鬧上新聞了他才上了鎖了事。也或許有什麼內幕也不一定，這我就不曉得了。」

「看來不是那麼容易可以拿到社團記錄，更不用說復社了。」路小西有點憂鬱地說。

「對了！你們還可以找個人幫忙。」慕敏華像是突然間想起來，轉頭盯著路小西，「最後一任社團指導老師，現在在高中部教生物，叫呂以真，她認識你哥哥。」

他們倆對看了一眼，明白那說的應該是路愉寧。慕敏華又接著說：「要廢社的時候她是跟校長抗爭最久的，差點就被解聘，似乎是董事會插手才沒事，後來就被調到高中部去了，原本她是生物研究所裡最有可能升為研究員的。」

慕敏華說著嘆了口氣，又覺得有點渴，話還沒說出口，苗子青已經起身跑去點了杯飲料給她。

「謝謝呀，真不虧是大學部王子排行名列第八的，這麼體貼。」慕敏華好笑地接過她的飲料。苗子青翻了個白眼，伸手指著路小西。

「基本上站在這傢伙身邊本來不會有人注意到我，要不是那個排行第一的學長成天追著我不放的話，我才不可能被列上去。」

「你說的，該不會是籃球校隊隊長呂浩平吧？」慕敏華有些心不在焉地望著他們倆身後。

「是呀，學姐認得他？」苗子青抬起頭來問她。

「嗯……高中就認識了，你最好快點跑，他從後面衝過來了。」慕敏華抱歉地笑了下。

苗子青心裡一驚，回頭一看果然呂浩平已經朝他奔了過來。苗子青跳了起來，拉住路小西就跑。「學姐謝謝學姐再見！」

「他追的是你又不是我，幹嘛我也要跑！」路小西邊跑邊抱怨。

「是不是兄弟呀！」苗子青罵著，兩個人邊跑邊躲。直到跑得路小西快沒氣，苗子青只好停下來。

路小西差點喘不過來，推了他一把叫他快走；苗子青也沒辦法把他丟在這兒，只好硬著頭皮站在那裡等著呂浩平朝他衝過來。

「學弟！你跑得還不夠快，需要加強練習。」呂浩平連氣也沒喘一聲的，正正經經地對著苗子青開口。

路小西直想破口大罵，要不是他說不出話來，肯定早罵出口了。

苗子青像是知道路小西在想什麼，無奈地望了他一眼，拍拍他的背替他順氣，邊望著呂浩平說，「學長，我說很多次，我不打球了。」

「我沒有辦法理解你為什麼不打球，你有極佳的才能。你上回來參觀明青的時候，還答應我絕對會保送進來的。」呂浩平認真地表達他的不滿。

說實話，如果呂浩平是個滑頭點的人，也許苗子青還好應付，但呂浩平是個非常認真而且說實話個性有點……古板的人，不太聽得懂人話，這才讓苗子青覺得困擾。

「學長，這沒什麼好理解的，我就只是不想再打球了。」苗子青嘆了口氣。

「你為什麼要浪費你的才能？你明明那麼喜歡打球。」呂浩平完全無法理解。

「學長，我有很多才能，多是比籃球更好的，不發揮那些才是浪費，而且我從來就沒那麼喜歡打球。」苗子青已經開始有點不耐煩了，還忍著不要發脾氣。

曾經在他還打球的時候，呂浩平是他的目標，對方也教他很多，他很尊敬這位學長，因此他不想跟他起衝突。

「我認為你說的這些都是藉口，我看著你從國中一路打球上來的，我沒有辦法接受你現在突然間不想打球……」

呂浩平話還沒說完，終於緩過氣的路小西用盡全力地大叫了起來，「他不打球是因為鼓勵他打球的人不在了！」路小西惡狠狠地瞪著他，幾乎是怒吼地開口：「那個人死了！沒有任何人可以取代他叫子青打球！你聽懂了沒！」

呂浩平愣在原地，臉色有些蒼白，沉默的短暫時間裡只有路小西急速的喘氣聲。

苗子青把手按在路小西肩上，有些抱歉地對呂浩平開口：「學長，我一直都很尊敬你，曾經是以你為目標的，但……對不起，我開始打球不是為了自己，所以我現在沒有打球的理由了，或許哪天我會想為了自己打球，但不是現在，對不起，請不要再邀我入隊了。」

苗子青說完，朝呂浩平點頭為禮，伸手攬著路小西的肩走了，留下呂浩平還愣愣地站在原地。

苗子青一直把路小西帶到土地公祠附近的長椅上才坐了下來。他們時常喜歡在那裡乘涼，離土地公祠近，也不會有啥怪東西出現。

路小西一直低著頭，抹了抹臉，也不曉得是不是在哭，苗子青伸手摸摸他的頭，被路小西嫌惡地拍掉。他怒氣沖沖地說：「都是你，不早點跟那個聽不懂人話的講清楚。」

苗子青只無奈地笑笑，「要我說什麼？說小言死了，我再也不想打球了，好報復他成天就對著我說當天師太累人了，將來當個職業球手多好，叫我要努力打球。」

路小西半天都說不出話來，只揉揉眼睛、拍拍臉頰，終究還是沒哭出來。最後他深吸了口氣站起來，「我餓了。」

苗子青知道他又在轉移話題，也不想逼他談景言，只無奈起身。「下山去路口吃飯吧。」

路小西習慣地走在苗子青身後，突然覺得那種冰涼涼的感覺又爬上背來。他轉頭望去，那個年輕人又站在那裡望著他笑。

明天帶可樂給我，就告訴你好事情。

那聲音又像是直接傳進他腦子裡一樣。他愣了好一陣子，沒答應也沒拒絕，轉頭就跑向苗子青，拉著他快步離開金色大道。

百里惜風帶著那個符紙人回家去，一衝進門她二哥莫向昕就疑惑地開口：「萌萌，怎麼這麼早下課？」

「我有事。」百里惜風只應了聲，制服也沒換，衝進她的小櫃檯裡，在後邊的小抽屜裡翻來翻去地揀了好幾樣東西在手上，才又鑽出櫃檯朝後堂跑。

八哥莫同叉著手臂坐在後堂口，照例開口問著：「還出來嗎？」

「不了，今天不看店。」百里惜風邊說聲音變得越小，顯然已經衝進她的樓裡去了。

百里惜風繞進後頭她的廚房，那裡雖然是廚房，但曾奶奶過世後就幾乎沒開過伙，她向來都在那裡練咒。

咒，也有分許多門派，她百里家在百年前算是咒術聞名的大家族，但百年來因為戰爭和互鬥，慢慢地就沒落了。

在咒術盛行的時候，傳說咒能致人於死、專精在護身，也能驅鬼喚魂、持家生財。而到底咒術真正能做到什麼程度，已經沒什麼人知道了，因為最後能使咒術的百里家，對業界來說已經衰落了，而目前能用咒術的幾個世家，多半都在養小鬼。

百里惜風今年十七歲，她跟曾奶奶學了十三年的咒術。

她生來就知道自己是為了莫家的繁華而生的。

在家裡她就像尊活菩薩一樣，每個人對她好得不得了，都敬重她，但都怕她，久了她也習慣了，這是她的天命。

曾奶奶為了教她用咒，硬是用術法撐了十三年，這十三年她跟著曾奶奶一起生活，早已經習慣那種冰冷僵硬。曾奶奶走後，她跟她媽媽睡過一次，她才第一次發覺原來人身上的體溫是那麼暖，身體是那麼柔軟。

她那時候才意識到，曾奶奶早已經是具活屍，硬撐著只為了把術法傳下來，難怪她總是不笑，僵硬著一張臉，只有眼神看得出一些溫暖。

曾奶奶在的時候，兄長姐姐們每次跟曾奶奶請安都怕得要命，曾奶奶後來就讓他們不要再來請安了，因此她那座樓子裡，只有她跟曾奶奶兩個人相依為命。

百里惜風每回看著她樓裡刻著的那塊家紋，就想起曾奶奶努力想對她笑的模樣。

她嘆了口氣，洗了手把麵粉袋拿出來灑了一桌開始揉麵，別人看了可能會覺得奇怪，但曾奶奶從來沒有阻止她用各種奇怪的東西去使咒，她總是說：

「咒就出自妳口，什麼都可以成咒，所以什麼材料都可以是咒。」

她喜歡揉麵，以前空閒時會跟曾奶奶一起做麻花卷，蒸大肉包，但曾奶奶不在了，她也不想再去做那些，但揉麵還是有趣的，她用咒喜歡做麵人。

她剛揉好了麵，正把口袋裡那個不安分的符紙人拿出來的時候，外頭有人喊她。

「萌萌？」

「嗯？」百里惜風抬起頭來，看見她二哥探頭探腦的，不敢走進來，一臉尷尬地笑。

「二哥怎麼了？」百里惜風邊問著，邊把那個符紙人塞進麵團裡包好，扔在桌上。

「那個，望和說想吃豆花……」莫向昕有些猶豫地開口，又像是有些緊張。

「喔，我不吃，你們吃吧。」百里惜風很乾脆地說。

莫向昕搔搔頭，有些遲疑地開口：「不是，二哥是想說……妳想不想散散步……跟二哥走走？」

百里惜風愣了一下，從小到大家裡從來沒有人問她要不要一起去走走，她看著莫向昕緊張的神情，猜測他是有話要說，就乾脆地放下了麵團，找了根長針從麵團上方扎下去直扎到符紙人為止。

「嗯，等我把制服換下來可以嗎？」百里惜風走過去洗手臺沖著手問。

「當然當然，二哥在後門等妳。」莫向昕說著，又看了一眼那個麵團，有些害怕地跑了出去。

百里惜風也習慣家裡人對她在屋裡做的事感到害怕了，平常他們都不會走進她樓裡的，可見她二哥有什麼大事。

她沖了個澡，換上便服，走到祠堂去先認真地卜了個卦。

她皺起眉，這是不和之象，她又卜了一次，這回卦象不明，大好大壞都有可能。

曾奶奶說過，卦象沒辦法預知的就是人心，所以凡是可能大好大壞的卦象，問題點都在人。

百里惜風嘆了口氣，再朝曾奶奶磕了頭，點好長命燈，才離開祠堂。

走到後門的時候，莫向昕已經不曉得抽掉幾根菸了，百里惜風開口：「二哥，少抽點。」

「是、是，不小心抽多了些，不抽了。」莫向昕連忙熄了菸。

「讓二哥久等了。」百里惜風面對家人的時候，也總是客客氣氣的。

「不會不會，讓妳陪二哥走走，不好意思。」莫向昕有些尷尬地笑著說。大概是想找話題，想想就問：「新學校怎麼樣？有交到朋友嗎？」

「嗯，中午跟新朋友吃飯了。」百里惜老實地回答。

「真的？太好了，有交到朋友。」莫向昕看起來也挺開心的，「那子青呢？最近怎麼樣？」

「還是一樣呀，跟小西一起住在學校山腳下，上學方便。」百里惜風回答著。

「這樣呀，也是，上學方便些。」莫向昕唸著。

百里惜風想她二哥再問下去就要問她今天上什麼課了，於是乾脆地開口，「二哥你有話要跟我說嗎？」

「呃……是有點事。」莫向昕搔搔頭，一臉的尷尬。

「那就說吧，自己家人有什麼不能說的。」百里惜風只覺得無奈，帶著她二哥到旁邊的小公園去坐著。

莫向昕想了想跑去路邊買了支冰淇淋回來給她，有些不好意思地笑，「望和很愛吃這個，妳小時候二哥也沒買給妳過……」

百里惜風笑了起來，開心地接過，「謝謝二哥。」

莫向昕看她開心，似乎也高興了點，本來想點菸，想起百里惜風的話又收了回去。猶豫了好一陣子他才清了清嗓子地開口：「萌萌啊，二哥有件事想拜託妳。」

「嗯，二哥說吧。」百里惜風點點頭。

「是這樣的，二哥……有個女兒，小妳一歲……」

百里惜風愣在那裡，手上的冰都快掉下去了才趕忙扶正，皺起眉開口：「二哥你再說一次？」

莫向昕看起來十分窘迫，硬著頭皮開了口：「二哥沒有外遇，那是我認識妳二嫂之前六年的事了，曾奶奶不讓我娶那女孩的媽，我們就分手了……我六年前才曉得她幫我生了個女兒……」

百里惜風舔著她的冰，想起出門前的卦象，那就是人的問題了。

「那所以二哥的意思是？」

「她媽媽上個月過世了，現在一個人生活，外公外婆都在南部。她才剛剛上高一而已，不想轉學，所以我想……把她帶回家裡……妳覺得怎麼樣？」莫向昕臉上的神情充滿了哀求。

百里惜風嘆了口氣，放軟了語氣，「二哥，你問過二嫂嗎？爸媽呢？」

莫向昕表情看起來更尷尬，伸手搔搔頭，小小聲開口：「……只要妳說好，他們都不會有意見的。」

百里惜風閉了閉眼，這就是問題所在。

「二哥知道這是讓妳背黑鍋，但是二哥放不下她一個女孩子自生自滅，她現在唸聖蘭，讓她回鄉下去唸書我做不到，妳就幫幫二哥……」莫向昕低著頭開口，眼眶都紅了。

百里惜風沉默著，吃完了手上那支無味的冰，扔了剩下有些軟掉的甜筒餅乾，拿出紙巾擦了擦手，慢條斯理地開口：「二哥，這件事不能我說了算，我回去問問曾奶奶意思，你要回去跟二嫂還有爸媽商量。今天不是我要為難二哥，爸媽不用說，那好歹是孫女，但要是二嫂不願意，我硬是讓你把人帶進來，是讓家裡不和，這是違反家訓的。」

當百里惜風用這種語氣說話的時候，就表示她不是家人，而是家主，莫向昕也不敢多說，只用力點頭，「知道了，我會跟妳二嫂商量的，只是二哥希望妳能為姪女想一下……」

百里惜風嘆了口氣，「等我問過曾奶奶吧。」

結果，也沒什麼好再說的，兄妹倆連豆花的事也忘了，各想各的事慢慢地走回家去。

百里惜風感覺得到，家裡即將掀起一場風暴，而她是阻止不了的。

04 社辦裡的孤魂

苗子青用筆電在查資料，既然慕敏華說那件事上過報的話，肯定是查得出來的，他用明青跟鬧鬼當關鍵字去查，出來的項目還不少。

他跟路小西擠在筆電螢幕前一起看了半天，才找到有可能的新聞。

「這新聞寫得模模糊糊的，不過還是寫到重點了耶。」苗子青指著網頁上的文字，「方文翊跟自殺的劉孟勳是好朋友。方文翊如果回學校的話，我們明天可以去找他聊看看。」

「子青，我們怎麼不進去那個社辦看看？只要拿到社團記錄就好了，是我們的話肯定帶得走的。」路小西趴在他旁邊問。

苗子青皺著眉回答：「你沒聽學姐說，鬧社辦要退學的。」

「不要被發現就好啦，你在的話又不用怕鬼，搞不好順手收了他省麻煩。」路小西扯了扯他的袖子。

苗子青有點無奈，「路小西，我可不是萬能的，你以為我跟雨哥一樣，還是跟你哥一樣呀？」

「可是如果那鬼真有那麼凶，怎麼會一直待在教室裡沒動靜，不早就出來禍害別人了，女二舍就在附近耶。」路小西一臉疑惑地問。

苗子青也覺得有些奇怪，正要回答的時候，門鈴突然響了。他愣了一下看向時鐘，已經晚上八點了，百里惜風四點左右就打電話說家裡有事不過來了，這種時候會是誰？

路小西爬起來去開門，門一開，果然還是百里惜風。她背著個小運動包走進來，一進門就大喊著：「外遇的男人都去……便祕啦！」

百里惜風想起自己言靈的能力，連忙把死字收回去。苗子青覺得莫名其妙地開口：「我可沒外遇。」

路小西笑得半死，「女孩子家不要把便祕掛在嘴上啦。」

「是人都會便祕好嗎？」百里惜風氣沖沖地坐到和式桌前，「我要喝水。」

苗子青連忙爬起來替她倒涼水，還擠了點檸檬汁進去。

百里惜風一口氣灌光，看起來氣消了點。路小西湊到她身邊問，「怎麼了？生那麼大氣？」

百里惜風嘆了口大氣，把她二哥的事說了。

晚上她二哥在房裡告訴她二嫂這件事，把她二嫂氣得差點中風，又哭得差點沒氣。她爸跟二媽聞風而來，問他們發生什麼事，家裡從來沒有人因為什麼事哭鬧過，這可是大忌。

可是二嫂哭得說不出話來，二哥對著爸爸不敢說，百里惜風只好嘆了口氣幫她二哥把話說了，氣得她爸拿起家法叫二哥跪下，二媽連忙讓四媽把寶貝孫子抱出去。還是百里惜風讓她爸別打，讓二哥說清楚，既然孩子是六年前才曉得的，這六年間他跟那孩子的媽到底有沒有什麼關係。

二哥支支吾吾半天說不上來，二嫂哭著就昏過去了，大媽連忙拿著藥油捏她人中把她弄醒，醒了又哭，全家鬧成一團。

百里惜風實在不會處理這種事情，只嘆了口氣，嚷了聲「都別哭也別吵了」。全家馬上一片靜默。

她叉著手臂說：「二嫂沒點頭，這孩子我是不會讓二哥帶進家裡的，但好歹是莫家的血緣，二哥自己看著辦，爸媽先別插手了。這是大事，我要問過曾奶奶意見，淋浴齋戒要三天才能卜卦。以和為貴是家訓，大家都把話說開，二哥也別藏著瞞著了。等二哥二嫂談好了，到時候爸該罰就罰，該罵就罵，這三天我住子青那裡，等我回來再開卦，就這樣了。」

百里惜風話說完轉身就走了。她的話前面都合情合理，但聽到她要住到苗子青那裡時所有人都炸鍋了，莫家大哥莫向華連忙跟在後面，「萌萌呀，女孩子家，住在子青那裡好嗎？」

「不會怎樣的，我不會跟他睡一塊兒的。大哥安心吧。」百里惜風說著揮揮手就進樓裡去了。莫向華被她一句話堵得說不出話來，又不敢跟進樓，只好回去幫著看看他弟弟到底是怎麼搞的。

「哇，好勁爆呀。」路小西聽得目瞪口呆。

苗子青有些不解，「可是妳爸都娶了四個太太，為什麼妳二哥不能娶兩個呀？」

百里惜風瞪了他一眼，「我爸娶的四個媽都是曾奶奶讓娶的，是千挑萬選過的，就為了等我……有了我之後，接下來只有我能生出繼承人，誰都不用多娶了。」

路小西睜著閃亮亮的眼睛問，「那你們將來結婚的話，孩子是繼承苗家還是百里家呀？」

苗子青跟百里惜風愣了一下，對看了一眼又馬上別開眼。

百里惜風瞪了路小西一眼，「我又不一定非得嫁給他不可。」

苗子青本來想說一樣的話，被百里惜風瞪了一眼，只撇撇嘴角沒敢說話。

路小西覺得好笑，拉著百里惜風的袖子，「萌萌嫁給我好了，孩子都算妳百里家的。」

「那你路家不就絕後了，看你哥也不打算結婚的樣子。」百里惜風好笑地說。

苗子青馬上表示不滿，「萌萌是我女朋友，可不可以別在我面前跟她求婚呀？」

路小西笑笑地說：「難道私下求有比較好喔，笨蛋。」

苗子青瞪了他一眼，又覺得好笑，三個人笑成一團。

等大家笑完了，百里惜風看著他們的電腦螢幕，問他們在查什麼，苗子青把下午的事向她說了一遍。百里惜風想想，倒是想起一件事，她連忙從她的背包裡拿出個塑膠袋，從裡頭拿出個紙包，拆開來裡頭是個麵團。

「萌萌做麵包呀？」路小西好奇地湊過去看。

苗子青連忙把他拉遠點，開口叮嚀著：「無論什麼時候，看見萌萌手上拿著麵團都要離三步遠知道嗎？」

路小西雖然一臉疑惑卻還是點點頭。

百里惜風好笑地瞪了他們一眼，起身跑去洗了手才回來揉她的麵團。

那其實只有一小團麵團而已，就包著她的符紙人，她揉來揉去的，不一會兒一個小麵人就在她手裡成型了。她想著下午那個女鬼的容貌，拿了隻小錐子刻出她的臉型。

路小西一看就知道是下午那個女鬼，讚嘆地開口：「萌萌妳好厲害啊。」

百里惜風看起來也有點得意，她把那個麵人放在桌上，拿了支長針，從頭頂刺了進去，直接將它釘在桌上。

百里惜風好好跪坐著，雙手結了個印，嘴裡唸著咒。

那個小麵人就開始動了起來，路小西驚訝地想湊過去看，又被苗子青扯了回去。

苗子青拿出個搖鈴在手上，像是在預備著什麼。

小麵人不太聽話，一直想衝破那支刺著她的針。百里惜風又重複唸著同一句咒語，並伸出食指按在那支針上。不一會兒，小麵人終於乖乖地不亂動了。

百里惜風把麵人掙扎時扯壞的麵皮捏好，才開口問。

「妳叫什麼名字？」

小麵人轉來轉去卻沒有說話。百里惜風按著那支針的手用力了點，又問了一次。

「妳叫什麼名字？」

小麵人又轉得更快，然後停了下來，細聲細氣地發出了嘶啞的聲音，『……黃宜……』

第三個字說得不清不楚的，百里惜風把食指放鬆了些，正要再問一次的時候，那個麵人突然間衝破了那支針，破碎的麵團裡露出了那個符紙人，飛快地朝百里惜風衝過去。

苗子青把手一鬆，手上的搖鈴響了一聲，鈴聲迴盪在整間屋裡，那個符紙人還黏著半邊的麵團，僵在那裡動彈不得。

苗子青冷著張臉，又搖了下鈴，語氣森嚴，「回來。」

符紙人乖乖地退了一步、兩步，然後就不再肯走了。苗子青抬高了手又搖了一次鈴，符紙人掙扎著，突然間響起了嘶啞的尖叫聲，符紙燒了起來。百里惜風連忙伸手去抓，苗子青比她快一步地拉住她的手，「別碰！」

符紙人燒毀的那一瞬間，一個鬼影衝了出來，也不敢留戀馬上穿出牆去，失去蹤影。

百里惜風有點鬱悶，「早知道就在我屋裡做，都是我二哥。」

而苗子青顧著查看她的手，「有沒燙著？」

「沒有啦。」百里惜風連忙把手抽回來，臉上有點發熱。「連火都沒碰著怎麼會燙到。」

「看來有人在幫她。」苗子青把搖鈴收起來。百里惜風歪著頭想了想。

「不一定，也許有人在拜她。」

苗子青一想也覺得有可能，而路小西目瞪口呆地望著那面牆好半晌，才回頭去問苗子青，「我現在開始學的話，還能不能跟你們一樣呀？」

苗子青爆笑了起來，「我今年十八萌萌十七，你覺得你要學幾年才能跟我們現在一樣？」

路小西若有所思地想了想，「也有天分的問題喔……」

「你有我們就好了，要天分幹嘛。」百里惜風好笑地揉了下他的頭髮，苗子青來不及阻止她開口。

路小西愣了一下，似乎想說些什麼，最後還是轉了話題，「萌萌，我們去社辦教室看看好不好？我想要那本社團日誌。」

百里惜風愣了一下，第一個反應跟苗子青一樣。「你們不是說學姐說闖進去要退學的？」

「不要被抓到就好了嘛，我想要那本社團日誌。」路小西一臉堅定地開口：「你們不去我就自己去。」

百里惜風和苗子青互望了眼，最後妥協的還是苗子青，「好吧，去看看，如果有什麼事，我叫你跑，你就給我跑，否則別想我讓你進去，知道嗎？」

「嗯。」路小西用力點頭，「我保證。」

路小西都這麼保證了，他們倆也只好點頭。

百里惜風提著她的運動包站起來，「我換個衣服，晚上睡你們這兒了。」

「喔……」苗子青應著，隔幾秒才聽懂她說什麼，「什麼？妳要睡哪兒？」

「沙發呀，笨蛋。」百里惜風說著把浴室門甩上，發出砰的一聲巨響。

路小西在旁邊大笑了起來，朝浴室嚷著，「不然跟我睡好了。」

「睡你……個鬼啦！」苗子青把那個「媽」字給吞了，拿抱枕砸他。

路小西好笑地扔回去，「我去跟你睡啦，萌萌可以睡我房間。」

苗子青想想也是。百里惜風換了件輕便的上衣和牛仔褲，看起來是方便爬牆的感覺，「不用了，我睡沙發就好，都不要吵了。」

苗子青想說那張沙發硬得要命，但想想百里惜風決定了的事，要說服她要花大半天，決定等回來再說。

「隨便妳吧。要去就快，我們走吧。」苗子青轉頭再跟路小西叮嚀了一次，確認他不亂來，三個人才出門去。

在晚上要偷偷溜進學校並不是件難事，明青並沒有特別蓋圍牆把學校圍起來，很多地方種排矮樹叢就算是分界線了，這反而顯得校地更寬大。

所以他們三個只要避開學校警衛，就可以順利地走進學校。

苗子青走在最前面，他們躲在體育館邊，等巡視的校警離開了，才跑到社辦教室去。苗子青跟百里惜風拿了根髮夾把鎖給開了，路小西這回沒有驚嘆，他知道他們在協會裡會學些有的沒的東西，開鎖就是一個，當然不是為了闖空門，而是為了必要的時候使用的。

等他們開了鎖，偷偷摸摸地閃了進去，最後進來的路小西還小心翼翼地把門關上，省得被人看見。

社辦教室黑漆漆的，苗子青帶了手電筒來，正要打開的時候，百里惜風拉著他的手，「等下。」

苗子青回頭看她，她正低著頭往地上看，苗子青跟著低頭，看見地上用漆筆畫著白線。

「這是咒法嗎？」苗子青跟著他姐姐學了不少咒法，但還真沒見過這種陣式。

「類似，這是咒陣的一種。」百里惜風退了一步，伸手把苗子青拉到後頭來，轉頭望著路小西，「你站在原地不要動。」

路小西連忙點頭。百里惜風拉著苗子青到一張桌邊，撐著他的肩爬上桌去，就著這高度，把地上的咒術看得一清二楚。

「鎖魂咒……怎麼可能……」百里惜風皺著眉看著畫在地上的咒陣，但怎麼看那些線條也不會改變。

「萌萌？」苗子青喚了她一聲，百里惜風撐著他的手臂跳了下來。

「這是……」百里惜風話沒說完就停下來了，同時間苗子青的鈴聲響了起來，他倆同時間第一個反應就是衝到路小西面前去。

這時地上的咒陣亮起了紅光，在地上交錯而過，形成一個五角形狀的奇怪符號。

在五角形的中間，一個年輕男孩站在那裡，像是個老人一樣地弓著背，眼眶深陷、臉頰削瘦，骨瘦如柴。

『……放我……出去……』

那個年輕男孩朝他們伸出手，但往前一步踏到那條紅線的時候，就哀叫著縮回去。
苗子青皺起眉來，蹲下來伸手碰了一下，也馬上縮回手。
百里惜風連忙拉過他的手，上面有著像燙傷一樣的痕跡。
苗子青望著百里惜風，「這妳解決得掉嗎？」
百里惜風猶豫了會兒，「……沒試過，這是鎖魂咒，要是貿然毀掉這個咒陣，這人會死的。」
「妳是說他活著？」路小西在後面疑惑地問。
「嗯，鎖魂咒的目的是要取魂，不是要殺人。」百里惜風解釋著。
「沒有魂魄人怎麼能活著？」路小西不解地問。
「人有三魂七魄，少個一魂一魄不會死人的。」這回是苗子青解釋，他又望向百里惜風，「他有可能自己走出這個咒陣嗎？」
「他不敢……不過你也許可以試試。」百里惜風望著他說。
『放我出去……為什麼……要這樣對我……』那年輕男孩又哭了起來。
「你是……劉孟勳嗎？」路小西站在苗子青身後問。
『……你認得我？……是你把我關在這裡的？……是你!!』劉孟勳突然間雙眼泛

紅，社辦裡殘存的物品瞬間全部飛了起來，滿教室亂飛亂撞。

苗子青邊閃著亂飛的物品，邊把路小西推到門邊死角。他用身體擋住百里惜風，把他兩隻手腕上的鈴全抓在手上，交錯著手腕用力一捶，在鈴聲震天響起的同時，他抬腳一跺，大吼了聲：「破！」

那一跺就像是地震一樣，路小西真的感覺到地面震動了一下，然後本來飛在空中的東西全都掉下來了。

苗子青搖著雙手的鈴，面對著像是呆掉的劉孟勳說，「你做得到的，沒有東西能傷害你，走出來。」

劉孟勳呆呆愣愣的，弓著身子聽著苗子青的話，順著他手上的鈴聲，一步一步地往前走。踩到紅線的時候他似乎感覺到痛苦，腳上也冒起煙，但苗子青又搖了下鈴，語氣溫和而嚴厲，「向前走，走出來就沒事了。」

劉孟勳愣愣地又向前走了一步，臉上的神情痛苦得有些扭曲。

百里惜風把張符紙一直抓在手上喃喃自語；路小西也不敢吵，就在劉孟勳快要走出來的時候，他眼前一花，突然看見一枝金箭飛了過來，穿過苗子青的胸口，苗子青就這麼直直地倒了下去，而百里惜風哭了出來。

路小西嚇得一個踉蹌差點站不住，等到他猛地回神，發現苗子青還搖著鈴站在那裡。

看來是他的幻覺又出現了。路小西在鬆了一口氣的時候，又極度慌張了起來，他想起自己的「幻覺」是會成真的。

路小西正這麼想的時候，抬眼突然看見遠遠的地方閃著一點金色光芒，他大叫了起來，想也不想地衝到苗子青面前，「子青！」

就在他擋在苗子青面前的時候，那枝箭才朝著他們正面飛過來，嚇得苗子青連忙想把路小西拉開；但路小西死死地攔在他身前不動；而百里惜風嚇壞了，抓出另一張符紙折成三折，迅速繞在手指上。她正要咬破手指的時候，那枝箭憑空地停在路小西眼前，就這麼浮在半空中，路小西還能感覺到那枝箭停下來的時候掃過來的風，吹得他眼睛刺痛，他卻連眨眼都不敢。

他們三個就僵在那裡，連氣都不敢出，苗子青和百里惜風都不確定發生什麼事，只有路小西看見了眼前的狀況。

那個年輕人，用著一種真拿你沒辦法的臉色朝他笑著，伸手抓著那枝箭，模樣輕鬆得就像是拿枝香一樣。路小西只要看見這人，就有種莫名地不想在他面前示弱的感覺，抬眼狠狠地瞪著他。

那人挑起眉，朝路小西笑得有些邪惡，突然間抓著箭的手鬆開了，在路小西幾乎要尖叫的時候，那枝箭就這麼在空中化成碎片。

路小西嚇得差點站不住，而劉孟勳在剛剛的一團混亂中早就不見了。

他們三個喘了口氣，滾成一團地坐在地上，還喘沒幾分鐘，等到聽見腳步聲的時候已經來不及了，校警肯定是聽到這裡的騷動才過來察看。

苗子青連忙拉著路小西和百里惜風衝出教室，還來不及跑，校警的手電筒已經照過來了。百里惜風動作很快，一把將路小西推到體育大樓旁邊的角落裡。

路小西摔了一下，也不敢叫，回頭見百里惜風有些緊張地望著他，只好搖搖頭表示他沒事。他正要站起來的時候，苗子青瞪著他，一副你敢出來就試看看的神情，害得路小西一時之間出來也不是、不出來也不是。

校警跑了過來，語氣嚴厲地開口：「你們是在校生嗎？」

苗子青點點頭，語氣平常地回答：「我陪我女朋友回教室拿東西，經過這裡聽見奇怪的聲音進去看了一下。」

校警用著奇怪的目光看著他，「你怎麼開的鎖？」

「沒鎖呀，門開著我才推門去看看的。」苗子青說著望向百里惜風。

百里惜風只是點點頭，低著頭站在苗子青身邊。她不會說謊，也不太能說謊，因此這種時候能不說話最好是不說話。

苗子青只是握住她的手，讓她安心點。

校警看看他們，就像是半夜出來約會的小情侶，又朝那間教室看看，猶豫了半天才走過去迅速地把門關上，半天卻找不到鎖，喃喃自語地唸著：「奇怪……鎖呢……」

校警望向苗子青，他無奈地把每個口袋都掏出來給他看，「大哥呀，真的不是我開的。」

校警又望向百里惜風，但想想也不好叫一個女孩子掏口袋，看來又那麼害羞的模樣，只能無奈地開口：「你女朋友是大學部的？」

苗子青猶豫了一下，校警馬上撇撇嘴角，「高中部的可不行，跟我到校警室去。」

苗子青本來還想說什麼，百里惜風握了握他的手，示意他先走再說，省得路小西被發現，於是他們倆就乖乖地跟著校警走了。

校警邊走邊唸：「你大一的吧？不曉得進那間教室是嚴重違反校規，最重是要退學的，這件事就算了我不往上報，但你女朋友未成年，沒家長來接不行，我就記你個深夜在校逗留。」

路小西靠在體育館牆邊，聽著他們越走越遠，又嘆了口氣，他沒辦法阻止他們下意識地保護他。

如果只有苗子青就算了，對百里惜風他生不出氣來。他摸著頸上的皮繩，他後來才知道，在他背著景言離開的時候，救了他的金色光芒是百里惜風給他的保護，在他被景叔關起來的時候，也是百里惜風找到他的。

而且最重要的是，他知道景言用生命去信任她。

這種時候他就會覺得，如果自己更有用就好了，這麼想的同時，他又想起剛剛那個年輕人對他說過：「你不是沒有能力，只是你不知道。」他想起他被景叔關著的時候，景叔跟他解釋過他生母是難得一見的「視巫」，所以他偶爾出現的幻覺，也許就是繼承了他生母的能力。

所以他不是沒有能力的嗎？但他根本沒辦法控制他的「幻覺」。

路小西想起那個年輕人也說過「你幫我，我就幫你」，他不禁疑惑起自己能幫他什麼？但如果要問他想要對方幫他什麼，他會希望自己有能力能保護自己，保護每個人，而不是只擁有那一瞬間能預言的幻覺。

但景言說過，別隨便跟鬼談條件，鬼是不能信任的，而他連那傢伙到底是不是鬼都搞不清楚了，哪能隨便跟他談條件。

路小西嘆了口氣，決定先把那個討厭鬼扔到腦後去。想來這回真是給百里惜風添了大麻煩了，還是在她家裡都還一團亂的時候。

路小西想了一下，突然間想起莫家還是有個人可以幫忙的。他連忙拿出手機打電話，只希望可以快點把苗子青跟百里惜風從校警那裡救出來。

05 傷痛中的衝突

苗子青其實常常見到那個校警，大概年近五十左右，但他從來不曉得這個校警這麼會碎碎唸，從年輕人早戀唸到課業為重，問清楚他哪個系後，還從頭評論到尾，苗子青也只能乖乖地聽著訓。

百里惜風倒覺得有趣，她長這麼大還從來沒有人用著長輩的模樣跟她訓說女孩子家要多懂得保護自己，就算是男朋友，她還沒成年不可以在外面跟男孩子逗留到這麼晚，他有個女兒也跟她差不多年紀，怎麼也教不聽等等的，說得一旁的苗子青直翻白眼。

百里惜風靈光一閃，用著軟軟的語調開口：「叔叔，那間教室是怎麼回事呀？」

校警一聽就嘆了口氣，「鬧鬼呀，你們以後別靠近了，上回有個政治系的學生跑進去了，嚇得送療養院到最近才出院呢。」

「好可怕呀，那為什麼會鬧鬼呀？」百里惜風睜著大眼睛，歪著頭問。

苗子青低著頭一直想大笑，被百里惜風狠踩了一腳沒敢叫，臉部扭曲得只好低下頭。

校警的神情有點微妙，大概是也搞不懂是怎麼回事，「我也覺得奇怪，那間教室以前有些厲害的孩子在的，理論上不會鬧鬼，但之前校長……有個政治系的學生，就剛剛那個送療養院的孩子的同學，莫名其妙在裡頭上吊自殺。可他沒死呀，很多人都以為他死了，其實只是校……家長不讓人多講，那孩子現在是植物人狀態，還躺在療養院裡呢。」

校警大叔嘆了口氣，苗子青和百里惜風對看了一眼。原來劉孟勳現在是植物人狀態，看來在困在教室裡那個是他的主魂。

「是說政治系不曉得怎麼搞的問題那麼多，幾個月前還失蹤了個女孩到現在也沒找到。」校警大叔自言自語似地唸了一句，「我見過幾次，是個乖巧的女孩子呢。」

百里惜風愣了一下，想到她那個符紙人，趕忙問：「沒有找到人，是離家出走還是被壞人拐走了？」

「這也不曉得，女孩的媽來鬧了幾次說肯定女兒死了要招魂，但連人都沒找到，讓她招什麼魂呀。」校警無奈地嘆了口氣，想想又覺得他說太多了。「不說這麼多了，妳快叫家人來接妳。」

百里惜風無奈地想是不是該打個電話給她大哥，想想又開口：「我馬上打電話，不過可不可以不要記我男朋友深夜逗留，他是陪我回來拿東西的。」

百里惜風說著從衣領內拉出條手編皮繩，上面鑲了六顆紅寶石，一臉哀悽地開口：「我上體育課的時候拿下來忘了戴回去就回家了，這是我曾奶奶給我的，我沒它就睡不著也吃不下……」

百里惜風說著就低下頭。校警大叔馬上父愛泛濫，「這樣呀，這麼重要的東西……」

校警大叔看了眼苗子青，他連忙站直身朝校警大叔笑了下，大叔最後點頭，「看你也是個老實孩子，這次就算了，但家長是一定要來的。」

校警正這麼說的時候就有人敲了敲門，他回頭一看，一個超過一百九十公分的高大男人走了進來，「你好，我來接我妹妹。」

百里惜風愣了一下，連忙開口：「那是我哥，他大概看我太久沒回家來接我了。」

「是、是嗎？這麼剛好？」校警大叔抬頭看著那個面無表情的人，「有身分證明嗎？」

莫同拿出身分證，他是莫家的養子，身分證上是莫家排行第八的孩子。

校警大叔接過他的身分證，和百里惜風的資料核對了一下，確實是兄妹沒錯，這才又唸了幾句之後終於放人。

他們三個人出校警室的時候，百里惜風跟苗子青都鬆了口氣。

「小西打電話給你？」百里惜風望著莫同問。

「嗯，他要我來接妳。」莫同點點頭，指向校門附近，「他在那兒，似乎有點摔傷了。」

百里惜風望過去，路小西在校門邊朝他們招手，苗子青連忙跑了過去。

「我推得太用力了。」百里惜風有些懊惱，但看苗子青已經衝過去了也不急著去查看路小西，只轉頭望向莫同，「家裡怎麼樣？有問你出門做什麼嗎？」

莫同搖搖頭，「二嫂還在哭，鬧倒是沒鬧；二哥也說得不清不楚的，老爺氣得有些喘不過氣，大娘叫了譚醫生來看他。」

百里惜風皺了皺眉，從口袋裡掏出張符紙，拿出支針在無名指上刺了下，再在符紙上壓了下，把符紙折成一個八卦，壓在心口閉上眼唸了幾句咒，才把那個八卦符紙交給莫同，「讓爸貼著心口放著，一會兒就好了。」

「知道了。」莫同收了起來，朝苗子青望了一眼，「妳晚上要住他那裡？」

「嗯，放心，我會睡沙發。」百里惜風好笑地望著莫同。

莫同反而皺起眉，「為什麼不是他睡沙發？」

「因為我不想睡他的床。」百里惜風睨了莫同一眼，「別問這麼多了，瞎操心。」

「嗯。」莫同點點頭，突然伸手摸摸她的頭，「他要欺負妳就告訴我，我宰了他。」

百里惜風笑了起來，某種意義來說，這個跟他沒血緣關係的男人，比家裡任何一個哥哥都像她親哥。

「他欺負我也沒關係，我喜歡他。」百里惜風笑著說。

「妳還不懂得什麼叫喜歡，妳們三個就跟一群黏在一起的小貓一樣。」莫同難得溫和地笑了起來。

「是啊，三隻沒了領頭貓的小貓。」百里惜風望向查看路小西膝蓋跟手肘的苗子青，忍不住笑了起來，「也沒什麼不好，像現在這樣的喜歡就好，還不用擔心什麼其他的，要像二哥那樣多麻煩。」

莫同笑了笑，又揉揉她的頭髮，也沒再說什麼。

苗子青遠遠地看著莫同在摸百里惜風的頭，停頓了幾秒，沒說什麼地又去看路小西手肘上的擦傷。

「吃醋呀？」路小西忍不住笑話他。

苗子青瞪了他一眼，「同哥比她家裡任何人都像她哥，他可是特種部隊出來的，一隻手就可以扭斷我脖子。」

「哇，那你要欺負萌萌不死定了。」路小西笑著說。

「她不欺負我就不錯了。」苗子青翻了翻白眼，看著莫同跟百里惜風走過來。

「同哥。」苗子青乖乖地叫著。莫同看了苗子青一眼，這孩子已經是在店裡活動的天師裡他比較看得上眼的了，而且對他來說，百里惜風喜歡就好。

莫同朝苗子青點點頭，又望了路小西一眼，最後望向百里惜風，語氣溫和地開口：「我回去了，有事隨時叫我。」

「知道了。」百里惜風朝他笑著揮揮手示意他快走，等他走遠了，三個人才慢慢地走回租屋處去。

從學校走回去也不過十分鐘，百里惜風幫路小西清理了傷口，有些抱歉地開口：「對不起，我太用力了。」

「是我硬要去的耶，還害妳被校警抓，對不起。」路小西也朝她道了歉。

「不要道歉來道歉去的了，都坐下來。」苗子青端來了整壺茶，大有我們好好談一談的勢頭。

「我先去洗澡好了。」

路小西正想逃走，被苗子青一把抓回來，「坐下。」

路小西心不甘情不願地坐了下來，「又要幹嘛了。」

「剛剛那是怎麼回事？」苗子青語氣嚴肅地開口。

「什麼怎麼回事？」路小西看來有點心不在焉，那是他想逃避話題的一貫反應。

「你知道我在說什麼，你在那枝箭射過來之前就擋在我面前了！」苗子青瞪著他。

路小西沉默了好一陣子才開口，抱著手臂，語氣充滿防備，「你是要問我為什麼在箭射過來之前就曉得，還是要問我為什麼要擋在你面前？」

苗子青盯著他看了半晌才回答，「我當然知道你為什麼要擋在我面前，我是問你為什麼知道那枝箭會射過來，你又開始有幻覺了？」

苗子青模糊地聽過路小西說起過他的幻覺的事。在跟蘇雨大哥談過之後，路小西不清不楚地說了點，聽起來不願意明說，苗子青就不問，他以前從來不問。

「你問那麼多幹嘛，你以前都不會追問到底的。」路小西顯得有些煩躁。

「因為我以前不用問，以前你什麼都告訴小言，什麼事都是小言知道就好，都與我無關。」苗子青講得輕描淡寫，語氣帶著點自嘲。

路小西一下子變了臉色，「所以你現在是怎樣？你決定開始代替小言管我？」

「那你又是怎樣？小言死了你就想當我也死了嗎？」苗子青暴怒起來，幾乎要拍桌。

「你——」

「夠了！都住口！」

最後拍桌的是百里惜風，她氣得滿臉通紅地站起來瞪著他們，「你們誰再多說一句，我馬上走，我走了就再也不會踏進來了。」

兩個人都像是想說些什麼，最後都沒有開口地沉默了下來。

「我早上讓你們吵，是希望你們把心裡話說出來，不是要你們傷害對方，你們自己想想自己剛剛說出來的話。」百里惜風抱著手臂瞪著他們兩個，「我跟你們一起的時間也不算長，你們要覺得我沒資格管你們就講，我可以走。」

屋裡沉默了好一陣子，很久都只有三個人的呼吸聲，靜得讓人心慌。

「對不起。」先開口道歉的是苗子青。「我不該那麼說的，對不起。」

他也總是會先開口道歉的那一個，不管是不是他的錯，只要能讓對方好過點，他總是先道歉。

路小西有時候會覺得自己就贏不過苗子青這份體貼。

「妳也不要生氣了，我不說了。」苗子青抬頭看著百里惜風，伸手去拉著她有些冰冷的手。

百里惜風坐了下來，眼眶泛紅地望著路小西。

「……對不起，我不是真心那麼說的。」路小西沉默了好一陣子才開口。

三個人又沉默了下來，最後路小西站了起來。

「我先去洗澡。」說著就逃進了房間。

苗子青只是沮喪地低著頭，百里惜風抹了抹眼淚，用雙手緊握住苗子青的手。

「同哥說我不懂什麼叫喜歡，說我們三個就是一群黏在一起的小貓。」

苗子青大概是想像到那個情景，忍不住笑了下，百里惜風又接著說：「我說我們是三隻失去領頭貓的小貓。」

苗子青的笑容消失在臉上，沉默了會兒又淡淡地笑笑，「也差不多了。」

百里惜風又抹了下眼淚，她朝路小西房門望了眼，她知道路小西聽得見。

「我們就是三隻沒有人領頭又受了傷的小貓，我們在一起應該是要互舔傷口，不是互揭傷疤。」

苗子青望著百里惜風好一陣子，最後點點頭，「我知道，我懂妳說的，我在努力……真的。」

「我知道，我們都在努力，不對的是丟下我們的人，對嗎？」百里惜風含著淚笑著說。

苗子青紅了眼眶，「嗯，都是他不對。」

「明天一起去罵他好不好，我們沒有三個人一起去過。」百里惜風拉著他的手問。

苗子青朝路小西的房門望了眼，又望向百里惜風。

百里惜風站起來，走到路小西門前，敲敲門開口，「聽見了沒?明天一起去。」

許久，房裡才傳來一聲模糊的回應，百里惜風朝苗子青露出了微笑。

苗子青望著百里惜風，想著他就喜歡她這個得意又開心的笑容。

三個人一起站在景言墓前的時候，大家都沉默著。

上了香，灑了酒，供了景言愛吃的東西，看著滿山遍野的蒲公英，誰也說不出話來。

路小西一直覺得自己麻木了，但是一踏上這條到處飛散著棉絮般花球的小徑，他就開始有著想哭的衝動，想起背上那股僵硬的冰冷感，他想這一輩子也忘不掉那個感覺了。

他一直忍著，直到他們都站在景言墓前沉默了太久，在他開口說該走了之前，百里惜風突然開口：「你騙我。」

路小西和苗子青愣了一下，側頭看著百里惜風望著景言的墓碑，神情哀傷卻又忿怒地開口：「你說你會回來的，你答應過不會減少我朋友的數量的，你答應我說你會沒事的，你騙我。」

百里惜風說著，眼淚就順著白皙的臉頰滑了下來。「你有想過被你丟下來的人嗎？你知道咒術反噬有多痛苦嗎？你知道我害死你有多內疚嗎？」

那是她家傳的破魂咒。

那是散人魂魄的咒，得配合她家傳的法器才能刻在人身上。

法器是景言跟子青帶著她找回來的，用在景言身上對她來說沒問題，她不怕咒術反噬，她只怕景言會死。

她那天全心全意地用盡心力在景言身上刻了咒，千叮萬囑地告訴他要怎麼使用在那魔王身上，千萬別做傻事，要是出狀況，她有護身咒可以擋一下，他能有時間逃走。

但景言笑著說沒事，背對著她揮揮手走了。

等咒術反噬的力量強大到她幾乎死去，但又被景言的保命符拉回來之後，她才意識到景言死了。

他沒有把破魂咒用在那魔王身上，他用在自己身上，一張以命抵命的符咒是景言練習過無數次卻從來沒用過的。

用在自己身上去殺那魔王是最保險的方式，他一開始就這麼想，卻沒有告訴任何人。

「你知道我有多怪自己為什麼笨到給你破魂咒嗎，你這個說謊的笨蛋！」百里惜風哭著罵他，用盡全力地把她的忿怒和哀傷喊出來。「你知不知道你是我第一個朋友！你為什麼要這樣對我！」

苗子青伸手攬著她的肩，讓她靠在自己身邊，想起景言笑著說「笨蛋，萌萌喜歡你」的模樣。

「你永遠是那個站在前面做決定的人。」苗子青望著景言的墓，語氣有點飄忽。「我不在乎，我只要站在你後面照顧你就好，我只要注意你有沒有吃有沒有睡，你在做什麼我永遠不問，你要我做的我什麼都做，你要我不問我就什麼也不問。我這麼聽話，這麼順著你，是因為你是我兄弟，但你是怎麼對我的？」

苗子青苦笑了起來，「到你死，我都是個局外人，你們在做什麼我都不曉得。萌萌為了你被咒術反噬；小西為了你躲過我逃了出去，帶著你的屍體回來；雨哥他們戰鬥到幾乎沒命，我呢？我做了什麼？我什麼都沒做，因為你要我留在那裡看著小西，結果我還是把小西弄丟了。」

苗子青仍舊苦笑著，「小言，我當你是兄弟，你當我是什麼？」

百里惜風把頭靠在苗子青肩上，伸手緊握著他的手，不停地抹著眼淚。

沉默了好一陣子之後，路小西終於開了口，帶著隱忍了許久的忿怒。

「誰准你為我為死的，誰要你這麼做的，誰讓你擅自決定犧牲自己的！我跟子青聽你一輩的話，不是為了讓你死的！」

路小西哭了出來，忿怒地喊著，用盡全力地，「你知道看著你死有多痛苦嗎？你知道背著你下山有多冷嗎？」

「你們景家人都是一個模樣，什麼事都自己決定了就好，從來不管其他人怎麼想的，誰准你們決定我的人生該怎麼走，誰說你可以決定我的生死！誰准你留下我們三個自己走的！誰想要你當個英雄了！我只想要我兄弟！」路小西說到這裡，已經哭得說不出話來。

那還是苗子青在景言死後第一次看見路小西哭出來，他用另一隻手攬住路小西的肩，然後看著景言的墓笑了笑，「你看，這就是你做的好事，我們的領頭貓沒了，你叫我們怎麼辦。」

百里惜風笑了出來，抹乾了眼淚，轉身站到路小西面前，用雙手抹著他臉頰上的淚，也沒叫他別哭，只是一直幫他抹著眼淚，直到路小西停止哭泣為止。

百里惜風懂那種身邊的身體冰冷僵硬的感覺。她也曾經以為自己忘不掉那份冰冷，直到她跟媽媽一起睡過之後，她才意識到人的體溫是有治癒能力的。

於是她紅著眼眶，用著任性的語氣說：「我累了，等下你背我下山。」

路小西愣了一下，望向苗子青。

苗子青笑了起來，叉起手臂故意瞪著他，「這可是我的權利，現在讓給你了。」

路小西有點茫然地站在那裡看著他們倆，百里惜風把他轉過去，從背後伸手環住他的頸，「快點，下山了，我們不要理那個笨蛋了。」

路小西沒說什麼，彎身把她背起來。他望了苗子青一眼，那傢伙看起來也沒不高興，只是笑著望向指揮下山的百里惜風。

那笑容裡的溫柔，是路小西只在苗子青面對他家人的時候見過，當然包括自己和景言。

路小西默默地背著百里惜風。他不是沒有抱過女孩子，雖然是對方強行湊上來的，嚇得他小心翼翼地推開對方，用著溫和的語句解釋，然後逃之夭夭。

女孩子的身體又熱又軟，但百里惜風很瘦，他沒有那種自己背上有個女孩子的感覺，只有自己背上背著個很重要的人的感覺。

背上傳來的那種柔軟和溫度，似乎慢慢地讓他忘記了冰冷和僵硬。

原來，活著的人有那麼暖呀……

百里惜風靜靜趴在路小西背上，頭靠在他肩頸邊，笑著望向苗子青。

苗子青伸手揉了下她的頭髮，換來一個笑容，有點可愛，有點甜，有點讓人喜歡。

苗子青正想說點什麼的時候，山下走來一個女人。

他們三個對望了一下，這塊地是景家墓地，這條路上去只有景言跟景修兄弟，還有景慎行的墓地。

那個女人看見他們也愣了一下。她看著路小西半晌，猶豫地開口問：「你是……路小西嗎？」

路小西愣一下，百里惜風連忙從他背上下來。

「是，您是？」路小西點點頭，拉整了下衣襬。

大概二十七、八歲年紀的女人朝他展開了笑容，一笑起來有種天真的模樣。「我叫呂以真，我認識你哥哥，我在學校裡有看過你一次。」

在他們三個人都覺得這名字很熟悉的時候，苗子青先想到了，「您是靈研社的指導顧問呂老師？」

「是，你是子青吧？」呂以真望向苗子青，「我也認識你姐姐，我們偶爾會見面聊聊天。」

呂以真又看了看百里惜風，「啊、那妳一定是那個明鋪的三老闆？」

百里惜風愣了一下，「老師認得我？」

「是啊，我聽子璇姐說過，說跟小西、子青在一起的女生一定是萌萌。」

他們三個都不太確定是什麼狀況，通常他們這圈子的人，不太跟一般人往來。呂以真像是知道他們在想什麼，「先陪我上去，我祭拜一下景修的墳再跟你們聊聊吧。」見她說起景修的模樣，苗子青想起她是誰了，用眼神示意他們倆跟著，又走回山上墳地。

三個人都不想再去站在景言的墳前，就坐在路邊的涼亭裡。這涼亭是景慎行死前吩咐人蓋的，說是大家去看景修跟景言的時候，可以坐著乘個涼，他好沾沾光看看這些他辜負了一輩子的孩子們。

事實上，苗子青知道哥哥們在給景修上墳的時候，都會給景叔也上個墳；只有他姐姐，從來只是站在景叔面前安靜地看著，不拜也不上供，她只祭景修跟景言。

在呂以真祭拜的時候，路小西扯了扯苗子青的衣袖，紅著的眼眶已經退腫了不少，小小聲地問：「是景哥交過的女朋友嗎？」

「唔……其實不是，是沒交過的，聽說是靈研社認識的。她沒加入社團，景哥約了幾次出去，但沒交往，後來就沒連絡了；景哥走了以後，她來找我姐姐，不曉得為什麼就變成朋友了，偶爾幾個月會見一次面。」苗子青解釋著，望向路小西，「她學姐是你哥的同學，所以和你哥也認識，我猜可能大哥跟雨哥也認識吧。」

呂以真在景修墓前說了幾句話，才走回來找他們。「讓你們久等了。」

他們讓了個位子給呂以真坐下來，她拿出瓶保溫罐跟紙杯，居然倒出了綠豆湯給他們喝。

「學長愛喝這個，都整罐整罐跟我要，所以我都帶這來上墳。」呂以真看著他們三個人尷尬的臉色笑了起來，「我知道的，他根本不喝，是他弟弟愛喝，但我也不知道他喜歡什麼了，就懲罰他喝這個了。」

百里惜風先笑了出來，苗子青和路小西也才爆笑了起來，四個人一開始笑就停不下來了，笑聲迴盪在墓園裡的感覺有點奇怪，但大哭之後大笑是一件很舒暢的事。

三個人都覺得好過多了，心裡那種鬱結的感覺似乎一下子消散了不少。

「昨晚闖進社辦的是你們吧？」呂以真笑著望向他們。

三個人面面相覷不確定要不要回答，呂以真只是笑著說：「有人闖進那間教室的話，校警老黃都會跟我說一聲的，我一聽就知道是你們做的，除了你們也沒人有膽子去闖吧。」

路小西有些不好意思地笑笑，「是我硬要去的啦。」

「你們闖社辦是想要那本社團記錄嗎？」呂以真問他們。

苗子青點點頭，語氣認真地開口：「嗯，我們想要那本記錄，如果是我們，一定可以帶走它的。」

「老師知道劉孟勳到底發生了什麼事嗎？」百里惜風湊近了點問。

呂以真皺起眉，神情有點無奈，「那孩子古古怪怪的，一天到晚就嚷著他要成仙。」

「成仙？」路小西笑了起來，「要怎麼成仙？他自殺了還成什麼仙？」

苗子青皺起眉和百里惜風對望了一眼，苗子青開口問：「老師，妳知道他為什麼自殺嗎？」

呂以真神情有點微妙，「我也不知道，他平常除了嚷著要成仙以外就是個普通孩子，在學校也很正常，跟朋友來往什麼的都很一般。他跟同社的方文翊特別要好，還有一個女孩叫黃宜芬，三個人常常黏在一起。」

呂以真看了他們三個人一眼，笑了笑說：「有點像你們這樣。我本來以為黃宜芬在跟方文翊交往，但其實又好像是跟劉孟勳在一起，三個人感情很要好。」

苗子青馬上正名，「不一樣，惜風是我女朋友。」

百里惜風笑了起來，路小西則翻了翻白眼，呂以真倒真的笑了起來，「所以才說很像啊，是你女朋友為什麼是小西背她下山呀？」

三個人愣了一下，倒回答不出這個問題。呂以真突然想起他們會在墓地，也許是跟景言有關，她知道景言跟他們是一起長大的青梅竹馬，於是馬上轉了話頭。

「說來奇怪，就在他自殺前一週，他看起來特別興奮，像是中了樂透一樣，反倒是黃宜芬跟方文翊看起來有點憂鬱的樣子。我有次進社辦之前，從窗外看見黃宜芬在哭。」

呂以真回想起當時的狀況，「她哭得挺傷心的，但劉孟勳笑得很開心，好像在說她小孩子氣，握著她的手說什麼『這是千載難逢的機會，我要成了就來帶妳跟文翊走』。我當時想問，可是劉孟勳看見我就什麼也不說了。」

「黃宜芬是不是不見了的那個女生？」路小西想起那個可怕的女鬼。

「是，她在劉孟勳自殺之後隔週就不見了。」呂以真嘆了口氣，「一個那麼乖巧的女孩子。」

「如果黃宜芬跟劉孟勳那麼要好，怎麼沒人把這事連在一起？一個自殺一個失蹤，正常要報警的吧？」苗子青皺著眉說。

呂以真看起來有些沮喪，又有些羞愧，「因為校長不准劉孟勳交女朋友，所以他們除了在社辦以外的地方都裝不認識。我跟校長說這得要報警，校長要我閉嘴，把社辦封閉，還把我調到高中部去……我應該要說的，可是……我放不下我的研究成果，那是我一輩子的心血了。我現在還能用助理的身分去實驗室，要是校長把我辭了，我就什麼也沒了……」

呂以真嘆了口氣望向路小西，「我那時候有想過要找你哥哥，但是他似乎病了；我去找子璇姐，她沒空見我，後來我才知道，景修的弟弟……所以我也沒敢拿這件事去煩他們。」

三個人都沉默著，呂以真像是要換話題似地，語氣開朗了些，「這麼一提，八年前發生過可能有關的事呢。」

三個人的注意力都被她吸引過去，呂以真回憶了一下當時的狀況，「當時是三個學生集體自殺，一個變成植物人，兩個當場就死了，三個是好朋友，平常都很開朗活潑的，但植物人狀態的學生在一個月後死了，當時景修就說起過這事很邪門。」

「景哥有做什麼嗎？」苗子青馬上問。

「就算有我也不曉得啊，我不是他們社團的。」呂以真笑得有點落寞，但很快又振作起來，「我會覺得跟這次的事有關，是因為當時那個植物人的學生是我同學的男朋友，我記得很清楚我陪她去買過生日禮物，他的生日跟劉孟勳的一樣。」

三個人對看了一眼，百里惜風說，「如果八年前發生的事景哥他們做過處理的話，一定寫在社團日誌上。」

「看來是非得拿到社團日誌不可了。」苗子青皺著眉開口：「我們現在先從能查的查好了。」

苗子青說著轉向呂以真，「老師，妳知道劉孟勳在哪間醫院嗎？」

呂以真點點頭，「我去看過他幾次。」

「妳可以帶我們去看他嗎？」苗子青很認真地問。

呂以真有些猶豫，但她沒有遲疑太久，用力地點點頭，「我帶你們去看他。」

她說著就收拾起東西，「趁今天週六，他病房裡只有看護，這時候去最合適。」

他們三個站起來想跟著走的時候，路小西突然間想起那個神神祕祕的討厭鬼。

明天帶可樂給我，就告訴你好事情。

路小西想了下，也總得去謝謝他救了自己，於是抬頭對著苗子青說：「你們倆去吧，我有點事得回學校一下。」

苗子青皺起眉，擔心地望著他半晌，大概是不想跟他爭論，只說：「……早點回來。」

「嗯，晚上回家，我再告訴你……發生了什麼事。」路小西認真地回望向苗子青。

苗子青愣了一下，然後笑了起來，「嗯。」

「路上小心，晚上做飯給你們吃。」百里惜風幫他整了下剛剛背她時弄亂的衣領。

「嗯，搞不好我先到家也不一定。」路小西笑著轉向呂以真，「我先走了，謝謝老師幫我們。」

呂以真搖搖頭笑著，「路上小心。」

路小西朝他們揮揮手就走了，心裡想著他再也不要讓苗子青覺得自己是局外人了，他得要長大了，他再也不需要景言照顧他了，他再也不需要了。

路小西想著，腳步輕快地在滿天的花絮裡走下山。

06 成仙的願望

呂以真帶著苗子青和百里惜風走進劉孟勳病房的時候，他們馬上就覺得不對勁。

百里惜風皺起眉，一臉嚴肅地拉住了苗子青，「別進去，裡頭的咒法很邪。」

呂以真嚇了一跳，「我進去過很多次，可是沒發生過什麼呀？」

「對普通人無效，只有對天師有害而已。」百里惜風在門口探頭朝裡頭觀察，又退了一步看著門框，視線從左邊底部一路往上看到門框頂，再從右邊掃下來，彷彿沿著門框上有著什麼東西的樣子。

「咒語嗎？」苗子青問。

百里惜風點點頭，轉頭望向呂以真，語氣認真，「老師，妳可以幫我察看一下，劉孟勳頸上是不是戴著什麼墜子嗎？」

「好。」呂以真進門前，仍有些不放心地看了下門框。

「老師放心，妳進去沒事的。」百里惜風連忙開口。

在呂以真要走進門的時候，苗子青突然聽見聲微弱的鈴聲，連忙伸手拉住呂以真。

「等一下！」

呂以真被他扯得差點摔倒，百里惜風趕緊扶住她。

苗子青有些抱歉地開口：「老師對不起，我姐姐是不是給過妳鈴鐺？妳帶在身上了？」

呂以真有些訝異地點點頭，「幾個月前我去協會找她的時候，她忙得要命，說沒兩句話就被協會的人叫走了。她回頭塞了顆鈴鐺讓我帶著，可是我塞進包包，回去後就忘了；上星期才想起來，拿了條鍊子串了戴在身上。」

呂以真從衣領內勾出條細金鍊，上頭就掛著那顆鈴。

百里惜風嚇出一身冷汗，「老師，璇姐還給過妳任何東西嗎？或是路哥有給過妳什麼？」

「沒了沒了，就這個。」呂以真搖搖頭。

苗子青預防萬一又問了句：「景哥沒給過妳任何符紙放在身上吧？」

呂以真臉色暗淡了下來，「本來有的……在社辦封閉之後，我偷偷回去一次，想試試能不能拿走社團記錄，那一次那張符突然間燒掉了，我嚇得回頭就跑，身上就再也沒有他的符了。」

百里惜風安慰地拉著她的手，「那是景哥救了妳的命，別難過了，回頭我給妳一張。」

呂以真愣了一下，「妳有他的符紙？」

「嗯，小言給我的，我下回帶給妳。」百里惜風笑笑地說。

「謝謝妳。」呂以真整個人開心了起來，然後想起她要自己察看劉孟勳的事，「那我能進去了嗎？」

「鍊子拿下來就行。」苗子青連忙開口。

呂以真把鍊子解下來交給苗子青，有些忐忑地跨過那扇門，小心翼翼地慢慢走進病房裡，確認自己好像沒事才走近病床邊。

劉孟勳端正地躺在床上，神情平和得像在睡覺一樣，她伸手翻開他的衣領，果然看見一條銀鍊，她伸手把鍊子勾出來，看見一個五角墜。

呂以真索性拿手機把那個墜子拍下來，再小心把鍊子塞回去才走出來。

她匆忙地走出來，把相機裡的照片給他們兩個人看。他們都認出來墜子上那個五角形的紋路，是那天晚上在社辦裡的咒陣。

百里惜風臉色看起來更蒼白，轉頭朝呂以真說：「老師，妳可以給我們黃宜芬家的地址嗎？」

呂以真愣了一下，臉上有點無奈，「這件事看起來很危險，你們確定不跟路學長或是子璇姐說一下嗎？」

苗子青望向百里惜風，但百里惜風搖搖頭，「這是失傳的咒術，除了我，沒有人看得懂，這只有我能解決。」

呂以真點點頭，沒有猶豫地開口：「那我帶你們去黃宜芬的家。」

百里惜風和苗子青對看了一眼，苗子青開口：「老師，這件事有點危險，妳只要告訴我們地址，我們自己處理就好。」

呂以真也有點無奈，「黃宜芬的母親現在精神有點不太正常，沒有大人帶你們去太危險了，她上回還拿菜刀追著校務主任跑。我帶著你們去我也安心點。」

兩個人又對看了一眼，如果呂以真可以應付黃宜芬的媽媽的話，他們就有更多時間去察看那裡的狀況了。

「那麻煩老師了。」百里惜風朝呂以真點頭，和苗子青一起跟著呂以真走。

「不過今天沒看到方文翊真奇怪，他平常週末都會在醫院陪劉孟勳的。」呂以真隨口說著。

百里惜風直覺皺了皺眉，「老師有方文翊的手機嗎？能不能打個電話問看看他怎麼沒來之類的？」

呂以真愣了一下，隨即意識到百里惜風是覺得他可能有危險，擔憂地拿出手機，「我打看看。」

結果呂以真打了幾次都沒人接，只好留言請他回電；一直到搭捷運走到了黃宜芬家，還是沒有音訊。

「找得到他家人嗎？」苗子青問著。

呂以真搖搖頭，「他住宿，家人都移民到美國去了，只剩下他哥哥在南部做生意，平常也不怎麼聯絡。他家境很好，一個人住在公寓裡，平時往來的朋友只有劉孟勳跟黃宜芬。他們倆都出事之後，人就變得更陰沉，這麼一說，要是人不見了，幾天內可能沒人知道……」

呂以真這麼一說就有些擔心，「該不會做什麼傻事吧？」

「老師，我們先去黃宜芬家，再去找方文翊吧。」百里惜風拉著她的手安慰她，「可能他只是心情不好，別想太多。」

呂以真點點頭笑了下，按了電鈴。

過了好一陣子，一位婦人把門打開一小條縫，門上還掛著門鍊，神情冷漠，頭髮有些凌亂，穿著睡衣瞪著他們，冷冷地開口：「找誰？」

呂以真拿出她最可親的笑容，「黃太太，我是宜芬的社團指導老師。我帶她同學來看看她，我們見過的，妳記得嗎？」

黃宜芬的媽媽看著呂以真的臉，然後笑了起來，「我想起來了，妳是小芬最喜歡的老師，妳等下，我馬上開門。」

黃太太連忙關上門，把鎖鍊打開，然後讓他們三個進門。這時候才意識到自己的打扮，連忙順了順頭髮朝裡頭房間走去。「你們坐，我去換件衣服，真是太失禮了。」

「黃太太，不用忙的。」呂以真說著走進門，這才發現苗子青他們倆還站在外面；她回頭看看黃太太已經進了房間，才回頭望向他們，小小聲開口：「這裡也不能進來嗎？」

「嗯。」百里惜風看著門框四周，對呂以真點頭。但這時候不進門實在太奇怪了。百里惜風從口袋裡掏出張符紙，折出個符紙人，拿針在自己的左手無名指刺了個洞，把血抹在符紙人上，寫了生辰八字，又給苗子青做了一個，讓他貼心口放好；又從包裡拿出個布袋，讓苗子青把身上所有的鈴都交出來好好裝進去，用帶血的手指在上面寫個「禁」字，叫他自己把布包放在身上。

苗子青看得有些心疼，習慣性地掏出ＯＫ繃，小心翼翼地幫她把無名指包起來。

百里惜風早習慣了，她三不五時就得扎上幾針放點血，她的針極細扎了也不疼，但苗子青總是每次都幫她貼上ＯＫ繃，就算她說不用也不行，久了也就隨他。只要讓他抓著手，看他小心地撕開ＯＫ繃時，就總覺得心裡暖暖的，覺得這個人是值得自己對他好的。

而呂以真一個人站在屋裡，看著黃宜芬的靈位前放了一盒子的飾品，都是她見黃宜芬戴過的，她想那是她最喜歡的飾品。她有些感嘆的時候，突然發現裡頭夾雜了一條五角形的項鍊，和劉孟勳那條一樣，她趁黃太太還沒出來之前拿起來看，果然是一模一樣的形狀。

她趁四下無人的時候，趕緊塞進口袋，她想這條鍊子一定有問題，下回再偷偷帶回來就好了。

等百里惜風和苗子青走進屋裡的時候，黃太太正好穿戴整齊走出來。

苗子青關上門，他跟百里惜風兩個人都看見地上有個五角陣型隱隱發光，而他們胸口的那個符紙人正在發熱。

百里惜風知道符紙人撐不久，等燒起來的時候就麻煩了，他們沒有多少時間。

百里惜風在屋裡望了一圈，讓苗子青和呂以真纏住黃太太，她確認了每個角落和陣型上每個咒語和陣位，越來越確認這是鎖魂咒。

就在她眉頭深鎖的時候，門外傳來開鎖聲。她皺了皺眉，心口的符紙人燙了她一下，心裡有種不好的預感，她連忙走到苗子青身邊待著。

結果進來的是個再普通不過的年輕人，年齡大約跟呂以真差不多大，穿著白襯衫和休閒褲，用鑰匙開門走進來，人看似有些陰沉，但長得還算端正。「黃媽，給妳帶了午餐……有客人呀？」

黃太太開心地走過去，接過年輕人手上的塑膠袋。「是小芬的老師跟朋友，來看她的。」

黃太太轉頭跟他們介紹，笑得有些得意，「這是我鄰居龔明揚，也是小芬的男朋友，就跟我兒子一樣。」

苗子青和百里惜風對了一個眼神，而呂以真愣了一下。

龔明揚笑笑地朝他們打了招呼，也沒有反駁，只招呼黃太太吃飯。

黃太太又得意地說：「小揚也是老師，在聖蘭教書，超受女孩子歡迎的。」

「好了，黃媽，別誇我了。」龔明揚笑著把飯盒推給她，給她拿了支湯匙。

百里惜風覺得心口的符紙開始變得更燙，臉色顯得有點發白，苗子青只緊握著她的手。

龔明揚回頭看見百里惜風的臉色，有些關心地開口：「妳不舒服嗎？」

「有點。」百里惜風小小聲地說。

苗子青望向呂以真，呂以真便連忙跟黃太太告別。黃太太看百里惜風臉色蒼白也沒多加挽留，讓龔明揚送他們出去。

苗子青連忙拉著百里惜風幾乎是用跑的踏出門口，一出門百里惜風就鬆了口氣。龔明揚跟呂以真在後面走出來，龔明揚關上門的時候，呂以真連忙問：「沒事嗎？」

「沒事，我……貧血。」百里惜風笑笑地說。女孩子只要說貧血，大多數人都不會多問。

龔明揚臉上雖然帶著笑，但一雙狹長的眼睛，削瘦的臉頰，總給人一種過於陰沉的感覺。「你們不是宜芬的朋友吧？她有幾個朋友我都知道，我沒見過你們。」

苗子青一挑眉馬上回答：「你也不是她男朋友吧？她男朋友是誰我也知道。」

呂以真擔心他們吵起來，趕緊開口：「我是宜芬社團指導老師，這兩位是社團的同學，所以只在社團見面而已，剛好我想來看一下黃太太，他們才跟來的。」

龔明揚看起來不太在意苗子青的態度，只望向百里惜風好一會兒才開口：「原來是這樣，不好意思，因為黃媽身體跟精神狀況都不好，我都會特別來看她。她一直希望我是小芬男朋友，在小芬失蹤之後，就開始把我當成小芬的男朋友。我沒有母親，黃媽很照顧我，所以對我來說她就跟媽媽一樣，我多心了點，請不要在意。」

「別這麼說，黃太太有你照顧真是太好了。」呂以真跟著寒暄了幾句，趕緊帶著苗子青和百里惜風離開。

百里惜風走進電梯前轉過身來，龔明揚還望著她；直到電梯門關上，那眼神讓百里惜風覺得毛骨悚然，一旁的苗子青握緊她的手，她側頭望了他一眼。

「沒事的，有我在。」苗子青用著淡淡的語氣開口。

百里惜風笑了笑地應了聲。「嗯。」

一直到離開大樓，苗子青都牽著她的手不放。

路小西離開景家墓地之後，就直接回到學校，打算去福利社買可樂，他不知道那人還喜歡什麼，就隨便買了點零食。

他想起那個男人，有時候會覺得像是小時候他看著景修的感覺，但那個人比較陰沉……也許不是陰沉，路小西想著，那是苗子青說的陰氣。

而那個人的感覺也比景修沉穩，只是不知為何好像很愛戲弄自己，但不管怎麼說，看得見鬼似乎是那個人幫的忙；昨天他還救了自己，怎麼說都得感謝他。

路小西提了滿袋子年輕人愛吃的零食和自己比較愛的百事可樂，連啤酒也帶了兩瓶。

一進金色大道，走到土地公祠，那個人果然在那裡，一樣穩穩地坐在石碑上。

看見路小西來就咧開大大的笑容，正確來說，是看見他手上提著的袋子時。

路小西一把袋子放下來，那人開心地蹲下來，什麼也不拿就拿了可樂開瓶。

路小西心想要是他有先搖過的話，就會噴他一臉了。

「嘖嘖，你可真壞心。」那人用著一臉不可取的神情瞥了他一眼。

路小西愣了一下，撇撇嘴角，「偷感應人心裡想什麼是不道德的。」

「那你別寫在臉上呀。」那人好笑地拎著可樂跳回石碑上。

「你別跟猴子一樣好嗎？不能下來講話嗎？」路小西無奈地看著他。

「你想跟我講話呀？」那人笑嘻嘻地望著他。

路小西在把「誰想跟你講話」說出來之前忍住了，心裡想著我是大人了我是大人了。

「寫在臉上了，小鬼。」那人笑了起來，奇怪的是那人只要收起戲弄他的神情，一大笑就顯得開朗陽光了起來。

路小西奇怪地望著他，也不跟他生氣了，走到石碑前，「你說我帶可樂給你，你就要告訴我好事情。」

那人笑笑地望著他，「小鬼，想成仙嗎？」

路小西一聽成仙兩個字，想起劉孟勳的遭遇，馬上退了好幾步，神情警戒地望著他，「該不會是你把劉孟勳弄成那個樣子的吧？」

「呸、老子是正神，別把我跟那種鬼東西扯一起。」那人神情不屑罵著，然後盯著路小西半晌，臉上又出現那種戲弄他的笑容，「聽著，我叫殷羅，能曉得我的名字是你的福氣，這不是好事嗎？」

路小西狠狠地瞪了他一眼，把本來想全給他的袋子拎起來，「不理你。」

殷羅又大笑起來，看著路小西的背影又重複了一次，「小鬼，想成仙嗎？」

路小西停下腳步，回頭望了他一眼，神情仍然帶著警戒，「你到底是指劉孟勳的事，還是單純地問我想不想成仙？」

殷儸歪著頭有趣地望著他，「如果是後者呢？」

「沒興趣。」路小西拎著袋子要走。

「成仙可以救你的朋友，你要不要？」

路小西停下了腳步，回頭望著他，神情認真地望著他，「死了的也能救？」

殷羅的笑容此時看起來有些溫和，「死了就是死了，更何況他的魂魄已經不在人間了。」

「碎了……」路小西喃喃自語般地說著：「我看著他碎的。」

殷羅搔搔頭看起來有點鬱悶，「碎了是碎了，有人撿走了，白白便宜了那傢伙。」

路小西猛地抬起頭來，「撿走了的意思，是還可以拼起來嗎？」

殷羅笑著，「這，就是只有神才能知道的事了，你想成仙嗎？」

路小西皺著眉頭，「你也是這樣騙劉孟勳的嗎？」

「就跟你說那不是老子做的，老子是正神！你聽不懂中文呀！」殷羅瞪了他一眼。

「正神……你難道真的是這裡的土地公公嗎？」路小西望向旁邊的土地公祠，一臉不可置信。「那你為什麼陰氣那麼重？」

「老子才不是位階那麼低的神！」殷羅怒視著他，想想又望著他笑了，「知道什麼叫陰氣啦？」

路小西瞪著他，「你如果看不起我什麼都不懂，幹嘛不找子青要找我？」

「那小鬼沒有這種緣分，成仙要看緣的，不是苦修就行。」殷羅好笑地回答。

「如果你不是土地公公，為什麼一直待在這裡？還有你沒回答我，為什麼你陰氣那麼重，我認知的神才不是這樣的。你是神為什麼不救劉孟勳？你不要轉移話題。」路小西理直氣壯地問他。

「還有點聰明呢，好吧，老子就大發善心回答你的問題，誰讓你有緣哪。」殷羅笑地說著從石碑上跳下來，坐在地上朝他招手。「過來坐下。」

路小西想幸好今天是週六，否則肯定被當成神經病，但他還是乖乖地坐在殷羅身前。就在他一接近殷羅的時候，就好像走進冰天雪地般的寒冷，但殷羅隨手一揮，周圍就暖了起來。

「抱歉，久了就忘記人是會覺得冷的。」殷羅笑著說：「先回答你為什麼我沒救那個想成仙的傻子。」

殷羅喝光了手上的可樂，路小西連忙又遞上一罐；殷羅笑得挺開心的，路小西覺得他不戲弄自己的時候，感覺親切多了。

「因為我沒注意到。」

路小西愣了一下，要不是殷羅臉上的神情有著一點懊悔，看來不像玩笑，不然他肯定要轉身走人。

殷羅見他很認真地聽，沒當成玩笑，繼續笑著說：「我陰神出身，在冥府是鬼見了都怕的『搜魂使』。冥主一聲令下，我轉世為人，千人、萬人地殺，我都不記得我殺過多少人了，區區一個孩子上吊我怎麼會注意到。」

殷羅的神情有些自嘲，把可樂當啤酒灌。

路小西乍聽之下渾身發冷，但又覺得這人不像是什麼連環殺人犯，想了想開口問他：「為什麼冥主要你殺那麼多人？」

殷羅倒很認真地解釋給他聽，「每天有人生，就有人死，這是天道循環。但總有些道士、能人或路過的神仙會救人，這我們管不著，遇著了就是機緣；但每隔幾世，這些逃過命數的魂會讓冥府魂量不足，這就妨礙了該出世的人數，因此每隔幾世，我就得受令去搜魂，好補足數量。」

「那因此死掉的人不是很倒楣？」路小西愕然。

「那逃過一劫的人叫幸運還是作弊？」殷羅好笑地望著他。

路小西想起昨天自己差點死掉的事，又覺得有些害怕，小心翼翼地問：「難道我註定該死在昨天嗎？」

殷羅搖搖頭笑，「不是，但是既然地府魂數不足，死你一個補了，對我來說也沒什麼不好。我陰神出身，總向著冥府的。」

「那、那你還救我？」路小西疑惑地望著他。

「因為捨不得你死呀，你知道自己是什麼吧？」殷羅眼神溫和地直視他。

路小西愣了一下，想起景慎行的話，「我是……視巫？」

「對啦，現今世上存有的視巫只有三個，一個九十八歲了，一個才三歲，所以你是最適合我的了。」殷羅得意洋洋的，彷彿路小西已經是他的掌中之物。

路小西往後移了點，「你都是神了，要我有什麼用？我又不像小言、子青什麼都會。」

「我需要你的身體。」殷羅湊近他，神情認真地開口。

路小西愣了一下，忍住逃走的欲望，心想他都是神了，講的話應該不是那個意思，「……我也不會當乩童什麼的……」

殷羅撇撇嘴角，似乎是覺得沒戲弄到他不好玩，一臉無趣地開口：「我殺過的人可以疊成山那麼高，幾千年來，我是唯一一個因為殺人修成正果的正神。但我殺人太多陰氣太重，那個死雷神把我踢下來，要我散了陰氣才能上去。」

「呃……」路小西愣著聽著他說的話，不知道該回答什麼。

「結果你知道嗎？」殷羅像是告狀般忿忿不平地說，「老子去各個宮廟想幫忙，每個都告上去說我擾亂他們作業，我明明是想幫忙的！後來聽說這兒有個老頭很有趣就要升官了，我想說來拜個碼頭，沒想到被那個死老頭困在這裡，要我等機緣，散完陰氣才能上去。」

殷羅忿怒地望著他，「你能想像嗎？一個小小的老土地居然困住身為正神的我！老子位階可是一等天將！等到天帝賜我官位最少也是個星君！」

「好、好可憐……」路小西言不由衷地開口，心想他一定是到處踢館才被告狀的。

殷羅瞇著眼睛看他，路小西連忙換了個話題，「那你為什麼沒注意到黃宜芬的事？」

「那丫頭不是死在學校，我被老土地困在這裡，出不去。」殷羅喝完了第二瓶可樂，抬頭認真地看著他，「所以我需要你的身體，視巫是最適合神的，我得離開這裡，才能解決那個鬼東西。」

路小西這次真的朝後退了一點，「我、我還不想死。」

「不會死的，只是借你身體用用。」殷羅笑望著他，「不是想變強嗎？想保護你的朋友？把身體借我，你能變得很強。

路小西側頭想想，「那是你強又不是我強。」

「你這孩子還真貪心，你沒從小修煉要怪我嗎？去怪你哥吧。」殷羅翻了翻白眼，又一臉討好望著他，「我保你活到九十八，將來你死了，我可以渡你成仙，很划算吧？」

「成仙有什麼好處，像你一樣被困在這裡嗎？」路小西隨口說了，說完就後悔了。

殷羅瞪著他的模樣像是很想掐死他，路小西不著痕跡地又退了點，乾笑著說：「你是神仙，不要跟小孩子計較。」

殷羅冷哼了聲，睨著他，「現在就覺得自己是小孩了？」

路小西吐吐舌頭沒回答，殷羅看著他，想想又笑了起來，「你就是個孩子，不然說吧，你有什麼願望，我可以成全你。」

在路小西回答之前，殷羅先開了口：「先說，讓死人復活是不可能的；況且你那個兄弟，就算是冥主出手，也無法再進輪迴之道了。」

路小西愣在那裡，許久才低下頭，馬上紅了眼眶；但他沒哭，他只是了想了很久，然後抬頭望著殷羅，語氣認真地問：「我能再見他一面嗎？」

「你想見他？然後呢？」殷羅淡淡地笑著問。

然後呢？

路小西不知道，他只是搖搖頭老實說：「……不知道，我就只是想再見他一面。」

「這可是個大麻煩呀，就算是正神也有做不到的事。」在路小西神情變得沮喪之前，他又接著說：「但幸好我這個正神是陰神出身，有時候是做得到點別的神做不到的事。」

路小西眼睛一亮，「真的？你可以讓我再見到小言？」

「也許。」殷羅笑著，眨眨眼睛望著他，「這就是你的心願？我讓你見到景言，你就把身體給我？」

路小西對他的說法感到有點不適應，「你不會拿我的身體亂來吧？」

「老子可是——」

「正神，我知道，不用一直強調。」路小西翻了翻白眼，卻認真地思考起來。

「我……要想想。」路小西安靜了好一陣子才開口。

「也好，這是大事，你答應就沒辦法反悔的。」殷羅聳聳肩，「不過最好要快，那鬼東西不是百里家的丫頭加你兄弟就能應付的。」

路小西愣了一下，「害劉孟動的人嗎？他到底想做什麼？」

殷羅笑了起來，一臉好笑地望著他，「成仙呀，你都沒意識到我現在對你提的，是別人修了三、五百年都做不到的事。」

「成仙真有那麼好嗎？」路小西皺著眉，「我想當人，我不想成仙。」

「這就對啦，成仙就是種執念，有執念是成不了仙的。」殷羅笑著拍拍他的肩，「抱著這種念頭才能成仙呀。」

「我就說不想成仙了！」路小西氣得大叫。

殷羅大笑著沒理他，突然間消失在面前，只留下聲音迴盪著。

「今天說得夠多了，明天起每天供可樂給我，沒事別再踏進社辦了。那鬼東西修了三百年吃了四個血親，夠毒的，給我離他遠點。」

路小西愣了一下，站起來想再叫他出來，但殷羅已經不理會他了。

路小西撇撇嘴角，想著這神真任性的時候，三、四顆銀杏從樹上掉下來打到他的頭。

「哎唷，對不起啦！」路小西摸摸頭，有些鬱悶地提著那些殷羅不要的東西，快速跑出金色大道。

07 失去的魂魄

路小西回家的時候，一開門就僵化在門口。

他看見百里惜風伸手拉著苗子青被掀開一半的上衣，正把臉湊近他胸口。

路小西手上的提袋頓時掉在地上，漲紅著臉指著苗子青，「你在幹嘛！萌萌還未成年耶！」

百里惜風跟苗子青愣了一下。百里惜風本來還沒意識到什麼，被路小西一講馬上紅了臉，退開了點，惱羞成怒地瞪著路小西，「你在想什麼！子青燙傷了啦！」

「燙傷？怎麼搞的？」聽到苗子青受傷了，路小西用腳把門踢上，也顧不得掉在地上的東西，跑過去察看他的傷口。

路小西蹲到苗子青的面前，他光裸的胸口真的有個人形般的燙傷，燙得都起水泡了。「這是怎麼搞的？」

「給他擦藥啦。」百里惜風把醫藥箱塞給路小西，就怒氣沖沖地跑去整理路小西扔在地上的袋子，打開一看就罵著，「啤酒扔在地上，打開不噴你一臉！笨蛋小西！」

路小西吐吐舌頭，正要給苗子青上藥的時候，見苗子青也瞪著他，他笑了出來，小聲地開口：「是瞪我回來太早還是瞪我誤會？」

苗子青有點無奈，小聲回他，「別開這種玩笑，萌萌不喜歡。」

「知道了。」路小西笑得很促狹。就算他沒戀愛過，他也能感覺得出來，這兩個人的戀愛還處在一種像是剛剛發芽的狀態。他覺得什麼都還沒意識到的狀態，其實才是最美好的時候。

「這傷怎麼來的？」路小西幫他清理水泡，疑惑地看著那個薑餅人狀的燙傷。

「對方的陣型太厲害，被護身紙人燙到的。」苗子青撇撇嘴角，「萌萌應該也燙到了。問了她說沒事，我又不敢叫她給我看。」

百里惜風在一旁暴躁地整理冰箱，等她也順手把水槽刷好似乎冷靜了下來，站在廚房問：「傷口怎麼樣？」

「還好，水泡都清理掉了，沒事的。」

路小西溫和地朝百里惜風笑，終於讓她平復情緒，又走過來坐在沙發上，縮著腿抱著膝蓋。

「沒事就好，傷口要小心，下次燙傷了要早說。」百里惜風瞪了苗子青一眼。

苗子青也很無奈，他從小對痛感就反應特別慢，他當然會痛，只是他也很能忍痛。

「別罵他了，子青的痛感跟恐龍一樣遲鈍，有回他在球場上手臂脫臼了，還忍到訓練結束回家，被小言看到才喬回去，還被罵到差點去面壁。」

苗子青和百里惜風在景言死後，就沒聽路小西這樣自然地說過景言的事；看著現在的路小西，苗子青心裡一下輕鬆了起來。

「我就不怎麼覺得痛，怎麼知道是脫臼，我現在很有經驗了。」苗子青笑著說，被百里惜風瞪了一眼。不過她看起來也不怎麼生氣了，縮在沙發上的模樣看起來特別嬌小。

「妳不是也燙到了？沒事嗎？」路小西幫苗子青處理好傷口，轉頭望向百里惜風。

百里惜風在沙發上窩成一團，瞪了他一眼，「要不要脫給你看？」

「我不在意啊……哎唷。」路小西話沒說完，就被苗子青拿抱枕砸在臉上。

「別鬧了，你不是要告訴我剛剛去哪了？」苗子青把衣釦扣好，抬頭望著他。

路小西揉揉鼻子，想到稍早跟殷羅的對話。他猶豫了下，把土地公祠和殷羅的事說了，也說了有個惡鬼修了三百年吃了四個親人的事；但沒提殷羅想要他身體的事，總覺得說了的話，苗子青會馬上想偏重點。

苗子青和百里惜風聽到那個惡鬼的事都皺起眉來。路小西沒什麼實感，對他來說這些事聽起來都像故事，於是小心翼翼地問：「很嚴重嗎？」

苗子青神色嚴肅地問他，「你說土地公說那個惡鬼還是劉孟勳想成仙？」

「他不是土地公啦，他是正神了。」路小西替殷羅反駁了一下，想想才回答：「我覺得他說的是兩個都想成仙吧？」

百里惜風望向苗子青，兩個人同時說：「我們想反了。」

路小西一頭霧水地問他們，「什麼反了？」

「成仙有很多種方法，古人得道升天需要修煉，但現代人跟以前不一樣了，沒法修煉得道，所以成仙只剩下兩個方法。」百里惜風給他解釋，「一個是有仙緣，一個是尋死。」

「尋死？」路小西一臉愕然，「死了不就變鬼了？」

「人不能修煉，但鬼能修煉。」苗子青接著說：「但不見得鬼修就能成仙，有的鬼修上千年也得不了道，通常是鬼都有放不下的執念，執念越重越容易化成惡鬼。」

「因此，土地公說的惡鬼，修煉了三百年沒辦法成仙，他執念太重所以增加道行的方法就是食至親血肉。」百里惜風皺起眉，她依稀記得曾奶奶給她講過一個鬼修的故事，她沒想到她能活生生地遇上這個鬼。「我記得曾奶奶的筆記裡說過有個逃掉還沒抓到的鬼修，搞不好有關聯。這人使用的咒術非常偏門而且厲害，我本來以為他在食別人的魂魄增加道行，好妄想修煉成仙，但現在看來，他放棄以鬼修之身修煉了。」

「放棄？怎麼放棄？」路小西更一頭霧水，但仍然不忘記幫殷羅解釋，「他是正神，不是土地公。」

「反正都是神嘛，總之那鬼修想復活成人。」百里惜風回答之後，又望向苗子青，「他騙劉孟勳上吊自殺好成為鬼修，然後抽走劉孟勳的主魂用鎖魂咒困在社辦，讓劉孟勳活著是為了要搶他的身體好讓自己復活。」

「復活……是做得到的嗎？」路小西愣了一下，突然間坐直了起來。

「那是種要犧牲很多無辜的人的咒術，是不能做的。」百里惜風很認真也很嚴厲地直視著路小西，看路小西低下頭又放軟了聲調，「你要知道，如果能做我早就做了……」

苗子青揉了揉路小西的頭，想起他姐姐以前常給他講的故事，又轉頭問百里惜風，「所以他是要用抽魂術嗎？」

「應該是。」百里惜風有些疑惑，「你怎麼懂抽魂術？」

「我姐研究過些咒術，說那是很惡毒的術法。」苗子青皺起眉，很難想像那種魂魄被活活抽走的痛苦，「如果他是要用抽魂術，那恐怕黃宜芬的魂也被他控制住了。」

「等下，一，這個鬼修到底是誰；二，抽魂術是什麼，講清楚呀。」路小西有些急地拉著苗子青，深怕自己又被丟下，只能看著他們去做那些危險的事。

「一，我哪知道他是誰，我要知道就去宰了他了；二……」苗子青嘆了口氣，「抽魂術是一種相當惡毒的術法，得先找到一個『合身』的軀體：他們生辰年月要相符，命格要相同，他可能得找幾百年才能等到一個；而人有三魂七魄，找到合適的人之後抽掉他的主魂，然後開始尋找和這軀體親近的人，控制那些人的魂魄替換他的其他魂魄，只留下他的『地魂』，最後他就能侵占他的身體復活了。」

路小西聽得目瞪口呆，「那……怎麼辦？要不要去跟大哥他們說？」

路小西口中的大哥是現在大部分天師們所屬的「人間自治協會」的會長左意風，也是路小西同父異母的兄弟。

百里惜風馬上開口：「不行，這個對手是我的，就算是你大哥他們，這麼惡毒的咒術他們也沒見過。他們都是太過自信的人，而咒術對這樣的天師來說是加倍危險。」

「對妳不危險嗎？」路小西愣愣地問了一句，苗子青也擔憂地看著百里惜風。

她翻了翻白眼地說：「你們有聽說過魚會淹死嗎？」

路小西搖搖頭，苗子青則笑了起來，「還輪得到妳說我大哥他們自信。」

百里惜風自己也覺得好笑，但想起現實又笑不出來，「不過……如果他已經抽走黃宜芬的魂，那我們要快點找到方文翊才行，因為肯定下一個就是方文翊了。」

他們三個對望了一下，路小西先開了口：「人我來找吧，我可以從他同學那裡開始，他們並不真的像我們一無所知，總有人知道他在哪裡的。」

他知道自己對咒術什麼完全不了解，連天師在做什麼都不理解；但如果是人的方面，他都可以盡力去做。

路小西望向百里惜風，「妳不是說妳奶奶的筆記上記載過這人的事？你們去研究那個鬼修跟咒術，人我來找。」

「這是個方法，我們分頭進行。」苗子青也認同。

「嗯，那我去找人……子青，」路小西站起來，望著苗子青，神情有點緊張，「我不會再背著你偷跑了，你也不要把我丟下來了，再危險也讓我跟著好嗎？。」

苗子青愣了一下，然後笑了起來，語氣卻又極為認真，「不會丟下你的，不管多危險我們都一起去；但你也一樣，有危險你可以拉開我，不要再擋在我面前了。」

「嗯，下次我會拉開你。」路小西有點不好意思地搔搔頭，「但你知道我反應神經不好。」

百里惜風笑了起來，叉著手臂自信無比地望著他們，「少神經了你們倆，我不會讓你們有事的。」

「這好像是我的臺詞。」苗子青好笑地望向百里惜風，「你們倆都愛搶我話。」

「你這是大男人主義作祟好嗎？」百里惜風好笑地睨了他一眼。

「是啊，這年頭女權主義當道，我自願當草食男就好了。」路小西舉手，三個人都笑成一團。

他們打鬧著，等到好不容易止住了笑，才各自行動。

百里惜風回到明鋪的時候，明鋪的氣氛一整個陰沉。

她一走進門就感覺到家裡有一股子沉鬱的感覺，她抬頭一看，她二哥一張臉像是生無可戀的模樣，一隻手撐著臉，百般無奈地趴在櫃檯上。

店裡有幾個客人，她二哥有一句沒一句地應付著，抬頭突然見到她回來愣了一下，「萌萌怎麼回來了？不是三天後才要回來？」

「我跟子青回來找點東西。」百里惜風帶著苗子青，當作沒感覺到那股氣氛地走進門，轉頭對苗子青說，「等我一下。」

「嗯。」苗子青站在店裡，客人中有個協會的成員算是熟識的，也和他打了個招呼。

二老闆見到寶貝妹妹回來，本來像是看見救星一樣地直起身，但隨即發現她男朋友也跟回來了，看來是沒指望談那件事，又鬱悶地單手支著臉靠在櫃檯上。

店裡的人只見百里惜風去她的小櫃檯裡拿了包糖，然後又抓了一小把白色的細末，走到她二哥面前。

二老闆連忙直起身來，「怎麼啦?萌萌?」

百里惜風舉起手上的細末，面無表情地開口：「二哥，這是鹽。」

「呃……」二老闆沒搞懂妹妹在幹嘛，妹妹說是鹽就是鹽了，只點點頭，「嗯，鹽。」

二老闆點頭之後，百里惜風把那一小把鹽像在做菜一樣的，搖了搖手均勻撒在她二哥身上，把二老闆嚇了一大跳，「萌、萌萌，撒鹽是做什麼?」

「驅邪啊二哥，你看你那張臉，妖怪都要把你當自己人了。」百里惜風瞪了她二哥一眼，轉身用眼神示意苗子青隨她進櫃檯後頭的門。

也難為苗子青沒笑出來，正正經經地打招呼，「二老闆。」

「……子青來玩呀。」二老闆也只好乾笑著，把身上的鹽抖掉。

「同哥。」子青又朝著門神一樣的莫同打了招呼，得到他的點頭，才敢走進後堂的門。

進了門苗子青才敢笑，「撒鹽，虧妳想得出來。」

「誰讓他做錯事，還一臉誰都對不起他的臉。」百里惜風撇撇嘴角地說，帶著苗子青走進曾奶奶以前的房間裡。

百里惜風指揮著苗子青爬上曾奶奶房裡的閣樓，把一個大木箱子搬了下來。

箱子雖然存放在閣樓上卻沒什麼灰塵，可見是百里惜風相當珍惜的東西。苗子青看著那樟木箱子，上面印有著百里家的家紋。

百里惜風掏出把鑰匙把木箱子上的鎖打開，裡面收的是件紅袍跟一件白袍，壓箱底還有件紅色繡花緞布裁製的衣裳，樣子像嫁衣。旁邊一排都是線裝書，一冊冊地整齊排好。

百里惜風見他在看那件紅緞布衣裳，索性把那件衣服拉出來給他看，「這是曾奶奶留給我的，是她的嫁衣，很美吧。」

百里惜風笑著，把那件嫁衣展開來貼在胸前，一手貼在胸腹間好壓著它。

明明是大紅色的錦緞布卻不顯得俗氣，上頭對稱的兩朵牡丹花樣繡得精巧，上頭的龍鳳呈祥點綴著珠飾和亮片，顯得明亮喜氣。很美的一件嫁衣，但苗子青只看了一眼。

「嗯，很美。」

百里惜風開心地笑著，抬起頭來才發現苗子青沒在看衣服，覺得臉上有些發熱，連忙把衣服折起來塞回去。

「先查資料吧，我記得是藍色封皮的。」百里惜風把箱子裡所有藍色的線裝書冊全拿出來，跟苗子青一人一本翻看起來。

他們倆一起坐在房裡，也沒多想什麼，不停地翻閱著曾奶奶的筆記，直到有人在送點心咖啡之後又送了茶來，接著又帶了糕餅糖果過來，苗子青才終於發現他們在擔心他跟萌萌在房裡幹嘛。

百里惜風倒沒在意地坐在他旁邊，累了就把身體倚到他身上，也沒在意家人一直送東西，大約也是習慣了。

在糕點糖果之後的是大哥送進來的水果，百里惜風只靠在苗子青身上涼涼地說了句：「再送我就鎖門了。」

大哥咳了幾句，有些尷尬又無奈地望向苗子青；後者也很無奈，只是一臉正直地望著她大哥，「大老闆，我們只是在查資料，別擔心，我不會幹嘛的。」

大哥乾笑著退出去，兩個人繼續埋頭在資料裡，過了半小時，房裡都安靜得只有書頁翻動的聲音。

過了半小時，百里惜風突然直起身來，「就是這個。」

苗子青連忙湊過來看，原來曾奶奶年輕時候曾跟一個鬼修鬥過法。

當時她跟鄰居一個年輕媳婦很要好，對方生產的時候曾奶奶還去幫忙。曾奶奶見過他們家那個老祖宗，初時以為是家神，後來才發現那是鬼修。

當時他正在吞食他後代的親生子和媳婦，只想留下襁褓中的嬰孩傳宗接代。

不用說曾奶奶跟那年輕媳婦有交情，讓她發現這種事哪有不管的道理，於是跟那個鬼修鬥起咒陣和法術來。當時那鬼修有二百多年道行，曾奶奶還是二十來歲的姑娘，但硬生生打掉那鬼修近百年道行；而曾奶奶身受重傷，最後沒能保住年輕媳婦跟丈夫，也擔心鬼修回來報復，就暫時隱姓埋名地躲起來。後來被百里惜風的曾爺爺給救了，嫁進莫家做起香燭鋪生意，專心幫忙莫家興盛，也等著有能力的繼承人，沒想到這一等就等了一百年。

在筆記的後面，曾奶奶畫了一些當時和對方鬥的咒陣和法術，百里惜風一見就跳起來，「這可以解那個五角鎖魂咒！」

苗子青也爬起來看那個咒陣。他對咒法多少有點研究，但這種咒陣是他幾乎沒見過的，他並沒專精在陣型上，他能走陣，但他專精的是控鬼和驅魂，他定魂的手法在協會沒有人比得過。

他姐姐苗子璇就對招魂和咒法比較拿手，當然鎖魂、搜鬼也是他姐的拿手技巧。

苗子青不像景言，他沒有繼承家業的問題，苗家不重男輕女，所以長女繼承是天經地義，也因此他從來不需要跟景言一樣出去工作。景言在工作的時候他都在練球，因為苗子璇在協會裡的地位，也沒有人能越過她叫他出來工作。雖然他自小在協會裡該練習的一樣也沒少，但比起其他人他沒有負擔，可是同樣地對他來說，也表示他們對他沒有期待。

「照曾奶奶的說法，五角鎖魂咒的陣眼得要有樣有相當力量的法器才動得了。」百里惜風說著。

「有法器一定很明顯，我們那天也沒看到教室裡有什麼東西，除非它埋在地板下。」苗子青想了半晌，想不出那天教室裡有什麼像法器的東西在。

「你記得我們沒看到社團記錄嗎？」百里惜風帶著點興奮地說。

苗子青愣了一下。那本社團記錄被景言的哥哥景修寶貝地寫了四年，貼過無數張符紙，讓四個高等天師天天過手的東西，要拿來煉成法器也不無可能。

「那個傢伙，居然把那麼重要的東西……」苗子青氣得說不出話來。

百里惜風安撫地按著他的肩，「我們會把社團記錄找回來的，找到也就可以知道八年前的事是不是有關了。」

「嗯……」苗子青自己都覺得很神奇，百里惜風這樣一按，他瞬間就消氣了。於是又回頭看著曾奶奶筆記上的咒陣，抬頭問百里惜風，「我可以畫看看嗎？」

「當然……」百里惜風停頓了會兒，又開口說：「這個咒陣最好是兩個同時驅動，當時曾奶奶就是一個人沒法畫完兩個咒陣就催動咒術，才會被咒法反傷的。」

「來，我們試看看。」百里惜風一手抓著書，一手抓著苗子青跑出房間，走到後頭的廚房。她走到那張大理石廚檯邊上，那張廚檯大概比門板還大。

百里惜風從抽屜裡找出蠟筆，給了苗子青一枝綠色的，她自己拿了枝粉紅色的。

「這個咒陣叫什麼？」苗子青在筆記上找半天就是沒找到。

「這裡。」百里惜風指著一處，「曾奶奶叫它做破邪。」

苗子青研究了一會兒，「破邪分成前導咒陣跟主咒陣，如果我可以幫妳畫完前導咒的話，妳就可以同時催動兩個咒了。」

「嗯，只要放出劉孟勳的話，那個鬼修也沒辦法復活了。」百里惜風說著把筆記放在廚檯中間。「你試看看，畫咒陣就跟畫陣型一樣的，集中精神就行。」

「嗯。」苗子青應了聲，兩個人一人一頭，看著筆記開始畫著咒陣。

不過就在百里惜風畫了一半的時候，她大嫂尋人尋到廚房來了，「萌萌。」

百里惜風嘆了口氣，正想跟她大嫂說她什麼都不想吃的時候，她大嫂拿著一個信封，「這是妳的老師下午送來，說要給妳的。」

「老師？」百里惜風疑惑了一下。

「姓呂的女老師，長頭髮，很年輕漂亮。」大嫂比劃了一下頭髮長度。

百里惜風聽來覺得像是呂以真，有些疑惑地接過信封，打開之後發現裡面是一條五角項鍊，裡面有張紙條。

百里惜風拿出來看才知道，原來呂以真去黃宜芬家拿了那條鍊子之後就藏在身上，打算交給他們；但離開之後因為百里惜風不舒服急著走，人都走了她才想起來那條鍊子在她手上。她本來想帶回去，但覺得心裡毛毛的，又不曉得他們倆的聯絡方式，看百里惜風也不想讓苗子青的大哥們知道的模樣，就在網路上查了查地址，跑到明鋪去把項鍊留下來了。

百里惜風挺開心的，有這東西她就可以招來黃宜芬了。她正想跟苗子青說這件事，但她大嫂還站在那裡，她停頓了會兒大嫂也沒想走的模樣，就直接客氣地詢問：「大嫂，還有事嗎？」

大嫂有點不好意思地看了苗子青一眼。

百里惜風直接開口：「子青不是外人，大嫂說吧。」

大嫂愣了一下，但看著苗子青專心一致地在大理石檯上用蠟筆作畫，鬼畫符般地不知道在畫什麼，大概也無暇聽她們說話。

「是這樣，大嫂是想問妳……」她遲疑了下才開口，有些小心翼翼地，「老二那個女兒，妳要讓她進門嗎？」

百里惜風大概也感覺得到她大嫂想問這個，一臉平常地開口問：「大嫂覺得呢？」

她大嫂愣一下，馬上回答：「當然是看妳的決定，大嫂哪敢有意見。」

百里惜風停頓一下，沒什麼反應，像是在思考。

苗子青其實都看在眼裡。百里惜風已經習慣在家人面前減少情緒反應，只有在店裡才會像根小辣椒，但她最真實的情緒反應，只有在他和路小西面前才看得到。

她在店裡是一個樣子，在家裡是一個樣子，在他們面前又是一個樣子。

有時候苗子青會很心疼她在家裡的那種非自願、被供起來生活的日子，也難怪她大部分時間都只想跟他們倆在一起。

苗子青只是轉頭，語氣平和笑著開口：「大嫂，我想萌萌的意思，就只是想問問妳的想法。」

「這、這樣呀……」大嫂有些猶豫著，像是在想要不要說真心話。

會嫁進莫家的女人都不會是斤斤計較的個性，但私生女這回事還是另當別論的。

她猶豫再三之後，小心地揀著語句說話，「當然，如果是莫家的孩子，萌萌妳准她進門了，我會好好待她的，可是這對二妹似乎有點不公平？」

「那大嫂的意思，是想她進門，還是不想她進門？」百里惜風有時候也搞不懂，想就想，不想就不想，為何一、兩個字能解決的回答要說這麼一大串。

「呃……這當然還是看妳的意思。」大嫂支支吾吾地不敢說個準確的回答。

百里惜風也沒多說什麼，只點點頭回答：「我知道了，我會想想的，大嫂。」

「那、那我出去了，給妳燉了蔘雞，一會兒跟子青喝了再走。」大嫂笑笑地說著。

苗子青客氣說了聲謝謝，大嫂一走出門，他就板起一張臉。

「說來說去最後還不都想要妳拿主意，妳還是家裡最小的，到底是在想什麼！」苗子青碎碎唸地拿著蠟筆認真畫著那個咒陣，又隨意開口說：「等下練完我們還是趕快回家吧。」

苗子青這話說得不經意，沒有發現語病，但百里惜風卻開心了起來。總在這種時候，她就會意識到自己喜歡這個人。

百里惜風一臉開心地回答：「嗯，等下就回家。」

苗子青見她突然開心起來也跟著笑，手上的筆也沒停。

百里惜風想起剛剛大嫂給她的東西，連忙拿給苗子青看，「子青，你看這個。」

「這是老師從黃家拿來的嗎？」苗子青把項鍊拿在手上就感覺得到靈魂的波動。

「嗯，有這個我們就可以招回黃宜芬了。」百里惜風仔細看著項鍊說。

「那要回家做還是這裡做？」苗子青玩著手上的蠟筆問。

「我想回去，但這裡比較安全。」

百里惜風一臉有點委屈的模樣，讓苗子青笑了起來。

「也好，這裡有曾奶奶保護著妳。」苗子青笑著說，伸手揉揉她的頭。

「嗯。」百里惜風又笑了起來，苗子青總知道怎麼讓她開心，只用力地點點頭。「我們先把咒陣練完，再來招黃宜芬的魂。」

苗子青點頭笑著，她開心地走到廚檯邊，繼續她剛剛畫的那一半的咒陣，這次帶著好心情認真地畫陣。

苗子青雖然不曉得她為什麼開心起來，也只是跟著開心地認真畫陣。

此時房內的兩人都不知道，莫同安靜地站在門外一陣子，之後笑笑地轉身離開。

原本他看見大嫂走出來就曉得她要做什麼，想來安慰一下百里惜風，現下看來是不用了。只是將來，如果他們倆真的要在一起的話，為了家業繼承，恐怕又是一場風波。

08 咒陣的催動

路小西沖了個澡換了衣服再到學校去，他知道週六辯論社晚上有活動，所以他到政治系館去，在二樓教室裡找到他要找的人。

「學姐。」路小西喚著一個綁著短馬尾的女孩，是正在教室門口登記辯論比賽的活動人員。

「是路小西啊，在學校還習慣嗎?需要什麼幫助嗎?」學姐漾著一臉明亮的笑容望著他。

這學姐是他在新生訓練時候認識的，是難得沒有帶著期望或者是特別目的看著他的人。他總感覺得出靠近他的人帶著什麼樣的心思，從小就這樣，他老以為這是直覺，但看來也許這是種能力吧。

也許跟學姐有穩定交往的男朋友有關吧。初見面時學姐只以像是看著可愛寶寶的眼神望著他，親切地問他需不需幫助；就算到現在，還是見了他就習慣性問他需不需要幫助。

路小西在她身邊的椅子上坐了下來，「學姐，我想找一個人，跟妳同班的同學，叫方文翊。」

「他好一陣子沒來了耶，最近是有回來上課，但是三天兩頭就不見人影，跟個遊魂似的。」學姐說著臉上的神情有點擔心，「問他需不需要幫忙，他說我幫不上就走了，有點擔心他。」

路小西也有些感嘆地說：「但凡誰遇到最好的朋友一個自殺一個失蹤，都會難過吧。」

學姐一聽，神祕地湊近他說，「其實啊，聽說他跟劉孟勳在一起。」

「啊？不是黃宜芬嗎？」路小西一聽就大驚。

「你認識黃宜芬呀？」學姐有點訝異，但是搖搖頭，「黃宜芬私下是跟他們倆很要好沒錯，但是其實她有男朋友的。聽說是她鄰居，在聖蘭女中教書。」

路小西愣在那裡。他聽苗子青說過，但是明明那個鄰居自己也否認了，「學姐，妳確定這是真的嗎？」

學姐見他認真的神情，倒也認真地回他，「方文翊是不是真跟劉孟勳在一起我不確定，但我可以確定的是方文翊是同性戀。黃宜芬的男朋友是她鄰居，她親口告訴我的，女孩子在說男朋友的模樣我不會認錯的。」

路小西疑惑了起來，在這種時候說謊的人一定是有問題的人。可是如果黃宜芬的男朋友是那個鬼修，苗子青不可能分不出是人是鬼。

學姐有些擔憂，小小聲詢問：「小西，你問這個跟黃宜芬失蹤有關係嗎？」

路小西遲疑了會兒，「我也不確定，不過我確定的是我得找到方文翊。」

「你等下，我找個同學。」學姐說著，抬頭朝教室裡一個人揮揮手示意他出來。

「怎麼了？」一個等著參加比賽的男同學走出來，身上還貼著編號。

「我記得你跟方文翊還算熟，你知道他最近有來學校嗎？」學姐問他。

「有呀，我剛剛還在體育館後面看到他。」那個同學隨意說著。

「多久之前？」路小西猛地站起來。

「大概十五分鐘前吧。我進來報到之前看見他，叫他也不應，跟個遊魂似的。」那同學被路小西的反應嚇了一跳地回答。

「太好了，謝謝學長。」路小西興奮地轉向學姐，「謝謝學姐，下次請妳吃飯。」

「等你啊。」學姐笑著跟他揮手，路小西連忙轉身就跑出政治系館。

一路跑到體育館後面，他想也不用想就猜到方文翊一定是跑進社辦去了，因為遠遠一看，校警新打的鎖又被敲掉了。

不過裡頭一點動靜也沒有，天也黑了，教室裡一片黑暗，路小西想進去又猶豫著。

他想起自己答應過苗子青不亂來的，於是先躲在體育館後面打電話。

但電話響了幾次都進語音信箱，百里惜風的也一樣，他急得有點跳腳，最後一咬牙朝土地公祠跑去。

一路跑進金色大道，殷羅仍然坐在石碑上朝他笑，大概也知道今天他不是要來上供的，但還是笑著開口問：「我的可樂呢？」

「今天明明給過了，明天我再帶給你，你可以幫我一下嗎？」路小西有點急，「我覺得方文翊跑進社辦裡去了。」

殷羅聳聳肩，不置可否地回答：「不是叫你別管，那傢伙不是你們能解決的。」

路小西愣了一下，有點不高興地回答：「你不是暫代土地公的職責嗎？他是學校的學生，你不是應該救他嗎？」

「如果我告訴你，他就壽盡於此，誰也改不了的，你怎麼說？」殷羅笑笑地說。

路小西又遲疑了會兒，然後咬著牙問：「我管他壽命到什麼時候，我要救他，我不要他死在我面前，你到底幫不幫我！」

「你呢？你要不要幫我？」殷羅還是笑著，但眼神看起來沒什麼笑意，「你要是不幫我，我只能困在這裡，外面死了多少人我都管不到了，更何況學校裡一個學生？」

路小西被他堵得說不出話來，想答應他又覺得苗子青肯定會宰了他。

「你這一輩子都要聽他的話過活嗎？」殷羅的笑容帶著點嘲諷，「跟了我，以後你誰的話也不用聽了，不好嗎？」

「我要聽誰的話是我的自由！」路小西朝殷羅怒吼著。

你自由了。

他永遠記得景言的那個神情。

你自由了小西，不必再聽誰的話，不必再做個乖孩子，你可以任性，可以隨心所欲了。

他彷彿聽到景言這麼跟他說，但他現在只是喃喃自語：「……我不要沒有你的自由……」

他已經習慣了聽景言的話。沒有景言在，他就算再任性也沒有意義，再當個聽話的小孩也沒有讓他開心。

路小西深吸了口氣，抬起頭望著殷羅，「你說得對，我不幫你，你為什麼要幫我。很抱歉我暫時沒辦法答應你，我也不會一輩子聽子青的話過活，但我答應過他的事我要盡力做到，所以抱歉了。」

路小西說完轉身就跑，只聽見身後傳來一聲綿長的嘆息聲。

他這時候只想救方文翊，只是不想明明知道眼前有人要死了卻還放置著不管。他才不管他壽命幾時盡，那不是他的問題，他只想盡力地去救他。

路小西邊跑邊打電話，但是苗子青他們倆的電話依舊都不通，急得他想罵人。

他跑回社辦教室外面附近，站在體育館後面的牆邊往裡頭偷看，漆黑的教室裡面此時有了一點亮光。

一個瘦高的男孩子，正站在一個發亮的五角形陣型裡，彎著身點蠟燭。一根一根地慢慢點，行動遲緩僵硬得像是殭屍一樣，緩慢地點了五根蠟燭。

然後他搬了張椅子放在陣型的中心，再慢慢地爬上去，手上拿了捆粗麻繩。

這下路小西知道他要幹嘛了，他跟劉孟勳一樣想上吊自殺！

他趕緊又打了一次苗子青的電話，但還是沒人接。他猶豫了幾秒便決定要留言，一邊焦急地看著男孩子已經把繩子扔上掛在電扇邊的鉤，拉緊了套繩——

電話剛好進了語音信箱，他快速留了言，「子青，方文翊在社辦要上吊自殺，我不能不阻止他，對不起！」

路小西掛了電話，不顧一切地衝進去，在男孩子把繩子套上脖子之前撲倒他。

男孩子從椅子上摔下來，巨大的衝擊讓本來就行屍走肉般的他昏了過去。

路小西還忍不住大喊著：「你這白痴！你以為你死了劉孟勳會開心嗎?!」

「他不會，我會。」

身後突然傳來個低沉緩慢的聲音，聽起來挺年輕卻帶著陰沉的氣味。

路小西猛地被嚇了一跳，轉頭才發現原來社辦教室裡有第三個人。

路小西沒注意到這個人是因為他全身包裹著一身黑色袍子，包裹得密不透風，頭上還罩著個兜帽，讓他連臉都看不見，只有一對狹長的眼睛顯得特別明亮。

但路小西能確定的是，這個是活人。

「你、你到底要做什麼？」路小西攔在方文翊身前，不讓那個人傷害他。「為什麼要教唆他們自殺？」

「你跟他們倆很要好？」那個黑袍人開口問。

「……不認識。」路小西實話實說，這麼回答連自己都覺得好笑。

黑袍人陰惻惻地笑了起來，「不認識你還為他連命都不要了，那就把魂也給我吧！」

黑袍人說著亮出把很短的銀色小劍，像是古董般有著精美雕刻的古舊手柄，鋒利的劍身在黑暗的教室裡，映著燭火的橘色火光閃閃發亮。

路小西拖著方文翊退後了點，「你……你就算殺了我，也得不到我的魂，我的魂有人預訂了。」

黑袍人只當他在拖時間，沒理他，直接就拿著劍朝他衝過去。

路小西想閃，卻又記起身後有個昏了的方文翊，手上沒東西可以擋，只能直盯著那個人，想看清他的模樣。想著如果死了，他就拉著小言來報仇。

就在他死命地瞪著那個黑袍人，看著那把刀刺向自己的時候，一陣陰風掃過，那個人馬上停下了動作。

其實一瞬間他以為殷羅來救他了，但隨即感覺到這股陰氣是不一樣的。哪裡不一樣他說不上來，但這股陰氣帶著種邪惡的感覺，讓他覺得毛骨悚然。

「老祖宗，什麼事嗎？」只見那人恭敬地對著那股陰風說話。

路小西理論上能見鬼了，卻看不見那個鬼，只聽見一個沙啞又難聽的嗓音，像壞掉的收音機一樣，用著刺耳的聲音說：『這個……比劉孟動好……別殺……生抽他的魂……』

那個黑袍人怔了下才開口：「老祖宗，我們好不容才找到劉孟動，您確定……」

他話沒說完，就被那個沙啞難聽的聲音截斷話，『你懷疑我？』

黑袍人看起來很怕他，馬上低下頭，「不敢，我……」

路小西趁他把頭低下來的時候，突然衝出去撲向黑袍人；黑袍人就站在離門不遠的地方，路小西趁機把他推出去，緊緊關上社辦的門，從裡頭拴上鎖釦。

屋裡只剩下他跟那陣陰風，那個沙啞的聲音像是停頓了會兒，然後笑得更陰森地說：『我還沒看過……這麼笨的孩子……』

路小西知道那個陰風應該就是那個所謂的鬼修，他有些緊張，但他不怕。

他第二次見鬼，但他不怕。他哥說過，鬼不可怕，人才是最可怕的。

所以他把人趕出去，他不怕鬼，也不怕這個妖怪似的陰風。

『天生的視巫……真是時予我也……哈哈哈哈！』那陣陰風說著，就朝他衝過來。

路小西知道現在鬼修的目標已經變成自己，他只能盡量離方文翊遠點，好讓他不被注意到。

他有些緊張地感受到那股陰風衝向他，陰風的刺骨冰寒讓他打了個冷顫。但隨即一道金光突然閃起，溫暖就回到他身邊。他喘了口氣，卻聽到啪的一聲，他低頭看到自己頸上苗子青給他的那條綴滿小鈴的鍊子上，其中一顆鈴鐺裂開來，路小西瞬間很心疼。

那是苗子青一直很寶貝的項鍊！他怒瞪著那陣陰風。

那陣陰風盤旋在前方，中間已經慢慢形成一個模糊人形，『難怪你不怕我……但你覺得你身上那些法器能撐多久？』

那個陰風中的人影又朝他衝過來，路小西只能閉上眼睛。就在這個時候，他聽見一長串的鈴聲，伴隨著一聲震天的踏地聲，他差點哭出來。

他聽見門被撞開的聲音，他抓緊機會衝向方文翊，想把方文翊拖出社辦。

「小西——」

他聽見苗子青在另一邊大喊他的名字，眼角有個影子晃過。他下意識地抬頭，只看見一支球棒狠狠揮了過來——

在練完咒陣之後，苗子青把廚檯上的蠟筆咒法擦乾淨，百里惜風則在廚檯上寫了另一個困魂咒，把黃宜芬的那條鍊子拿出來放在正中間。

苗子青拿出他的搖鈴，站在廚檯前。雖然招魂是他姐姐的拿手招術，但他身為苗家長男，也沒有不擅長的可能。

苗子青平抬著手拿著那個搖鈴，慢慢地，一下、一下地搖；嘴裡輕唸著黃宜芬的姓名，一次又一次地，慢慢地跟著手上搖鈴的節奏唸著她的名字。

過了十來分，有個魂魄慢慢地穿牆而來，又穿過廚檯走向那條項鍊。

這個薄魂彎了下腰，伸手珍惜地拿起那條項鍊，臉上的神情顯得開心卻又哀傷。她拿著項鍊，慢慢地起身，卻發現自己走不出那張廚檯，她驚慌地看著百里惜風和苗子青，魂魄看來搖搖晃晃、模糊不清，弱弱地開口：『你們困住我沒有用的……我有用的都不在了……』

苗子青搖搖頭，「我們只是有話問妳，妳是黃宜芬對嗎？」

他的話清楚有力地傳進黃宜芬的耳朵，似乎讓她的魂魄穩固了點，『是，你們是……？』

「我們是想救劉孟勳跟方文翊的人。」百里惜風溫和地回答她。

『孟勳跟文翊……都被困住了……孟勳被他想成仙的妄想給困住。』黃宜芬哀傷地說：『文翊則是被孟勳給困住了……太傻了他們……太傻了……』

「妳知道發生了什麼事嗎？」百里惜風問她。

『有人……告訴孟勳成仙的方法是成為鬼修之後才能得道……所以他才自殺

的……』

「是誰告訴他的？他為什麼相信那個人？」苗子青不解地問她，但黃宜芬只是低著頭沒回答，半晌後只開口說了個「不知道」。

百里惜風和苗子青對看了眼，知道那不是不知道，而是不想說。

苗子青有點同情她，不想對她用控魂術逼她說，於是只好慢慢地問。

「為什麼劉孟勳想成仙？」苗子青一直不懂這一點，做人好好的為什麼要成仙？

『他爸管他很嚴厲……他不敢出櫃，也不確定自己是不是同性戀，他覺得做人太痛苦了……』

百里惜風倒是一下子抓到重點，「劉孟勳跟方文翊在一起？」

『是……』

「那妳呢？妳不是劉孟勳的女朋友？」苗子青疑惑地問她。

她只是搖搖頭，對此沒有多說，只開口說：『我有男朋友的……』

百里惜風覺得她的態度有點怪，又多問了一句，「妳男朋友是鄰居那個龔明揚嗎？」

黃宜芬聽見他的名字，抬起頭來看了她一眼，『妳……認得他……？』

「是去妳家找妳的時候，他剛好來給妳媽送飯。」苗子青替百里惜風解釋。

她聽見龔明揚給她媽媽送飯，又開心地笑了起來，但臉上充滿了哀傷，只把那條鍊子緊緊地抱在胸口。

百里惜風靈機一動，「那條項鍊是龔明揚送妳的？」

黃宜芬過了許久才慢慢點頭。

苗子青他們倆互看了一眼，難道龔明揚也牽扯在其中嗎？

苗子青正要再問的時候，聽見口袋裡發出啪的一聲。他臉色劇變，把口袋裡的幾個鈴給撈出來，其中一顆整個裂了開來，他臉色整個唰地蒼白了起來，「小西！」

苗子青正要衝出去，被百里惜風扯住，「等一下！」

「妳待在這兒不要動！」

百里惜風朝黃宜芬喊完，扯著苗子青衝到祠堂打開門，苗子青焦急地跟在她身後。

祠堂桌裡她供著三十三盞燈，有三十盞整齊地放在一起，三盞燈放在另一邊，卻只有兩盞是有火的；而這兩盞其中一盞的燈火，正像被強風吹拂般地強烈搖動著，百里惜風連忙從桌底拿出個銀色網子，小心地罩在那盞燈上，馬上那盞燈上的火就不那麼猛烈搖晃了，但火光顯得微弱許多。

她連忙拉著苗子青出來，關上祠堂門衝出房門。「我們走。」

在衝進店裡要出門前，她大喊著：「誰都別進我廚房！」說完就跟苗子青迅速離開，把店裡的人都嚇了一跳，只留下門啪地關上時，門上的銅鈴搖晃的聲音。

苗子青手上搖著那顆裂開的鈴鐺，帶著百里惜風死命地衝向學校去。

從明鋪到學校的距離不算遠，但再怎樣也還是有一段路程。平常百里惜風都當成運動悠閒地散步過去，現在卻活像被鬼追似地被苗子青拖著一路狂奔。在爬上地獄坡的時候，幾乎喘不過氣的她，根本有大半路程是被伸手攬住她的苗子青半拖半拉上去的。

苗子青心急路小西，但他不能把百里惜風扔在身後，他怕看不見他們任何一個人時，儘管只是消失在眼前幾分鐘而已，那人可能就永遠離開了。於是他現在死命地把百里惜風拖上坡，拉進學校裡，再順著鈴聲衝到社辦門口。他一靠近，就感覺從裡頭到門口的陰氣重得給人壓迫感。門是關上的，但大鎖掉在地上，顯然門是從裡面被反鎖的。

苗子青先放開百里惜風，「妳先等著！」接著拉下手上所有的鈴，雙手交叉著，腳用力朝地上跺了一下，深吸了口氣大喝著：「破！」

一道如雷貫耳的鈴聲轟然響起，瞬間門口的陰氣被沖散開來。他馬上用盡全力撞開了門，隨即就正眼對上了剛要撲上路小西的鬼修。

這是他第一次親眼見到那個鬼修。

他晃起了雙手的鈴，腳一前一後地踩實著地，和那個鬼修對峙著。

『哼。』那鬼修冷哼了聲，放棄了路小西，挾著凌厲陰風衝向苗子青。

苗子青左腳穩踩地面，右腳抬起換了個位置，在空地上走起陣來，那撲過來的陰風瞬間被掃開。

而路小西在苗子青一進門時，就衝向角落那個昏倒的人。苗子青知道那人是方文翊，但他無暇顧到那邊，他只要纏住了鬼修，他們就安全了。

就在他搖著鈴要走下一步的時候，一個人突然撞開了他。他一個踉蹌差點摔到地上去，回頭一看，就見一個人拿著球棒朝路小西打去，他連忙大叫：「小西——」

路小西一個回頭，剛好看見球棒朝他打來。他彎下腰險險閃過，那球棒只打到旁邊的牆上，震得那個人手疼，頓住片刻。路小西趁機用力撞開那個人，仔細一看，才發現那個人是剛剛說看見方文翊的政治系學長。

「……學長？」

而那個學長此時雙眼無神，被撞倒了也只是直直地站起來，不喊痛也不說話。

路小西有點愣地看著剛剛還生氣勃勃說著話的人，不明白對方為什麼會變成這樣的時候，苗子青用力一個踏步，暫時逼開了鬼修就衝過來，伸手支起了方文翊，朝路小西喊著：「快走啊！」

路小西慌忙地站起來，跟著苗子青身後跑出去，差點撞到剛衝進門的百里惜風。她臉色有些蒼白，「附近的學生都被控制了。」

他們三個望向遠遠的一群像是喪屍般直直奔過來的學生們，路小西看見裡頭還有剛剛說要約請吃飯的學姐，他一瞬間只想宰了那個黑袍人。

「一定是那個人做的！」路小西恨恨地開口。

「不知道有多少人被控制，去體育館！這時間沒人。」苗子青沒顧得上路小西說的是什麼人，背著方文翊就帶著路小西和百里惜風衝進體育館。一進門他就拿旁邊的掃把穿過了門把，然後再背著方文翊跑向體育館的另一頭，「這裡！」

體育館有三個門，但那群學生現在這種喪屍狀態，應該也不會聰明到換門走。

苗子青拉開更衣室，把方文翊背進去，再打開儲藏室門把方文翊放在牆邊，再跑出來對百里惜風說：「妳待在這裡把主陣畫完，我在外面可以擋著一會兒，我會一邊把前導陣畫完。」

「太危險了，我們一起留在這裡。」百里惜風急著說。

「這樣他們馬上會衝進來的，我在外面還能做點安排，相信我！」苗子青急促地對著百里惜風說，她雖然臉色很難看，卻還是點點頭。

苗子青轉頭望向一旁臉色蒼白的路小西，把手按在他肩上，很用力地，「幫我保護萌萌。」

本來因為一連串變故，已經充滿了絕望與茫然的路小西，突然之間被加上了一份責任，他馬上振作了起來，用力地點點頭，伸手緊緊地拉住苗子青的手腕，臉色蒼白地開口：「要回來，一定要回來，不准跟小言一樣。」

「我才不像小言那麼不守信用。」苗子青笑了笑地說，又望向百里惜風。她朝他點點頭，苗子青朝他們倆望了眼，大步走出更衣室，臨出門前又吩咐著：「找個什麼拴住門。」

路小西連忙去儲藏室抓了支球棒，儲藏室看起來還算大，他跑出來問：「萌萌妳要多大的空間？」

百里惜風隨手比劃了一下，大約一公尺，「這樣就夠了。」

路小西拿球棒把門拴好的時候，突然聽見玻璃破掉的聲音——一個學生從旁邊窗戶爬進來，而外面不停地傳來苗子青的鈴聲和他的呼喝聲。

百里惜風連忙衝過來把他拉進儲藏室，「快找個東西擋住門，我得畫咒陣！」

路小西看著她拿出蠟筆來，又抓了支球棒，下了決定轉身出門，在百里惜風注意到之前閃出門去，把她反鎖在裡面。

剛剛爬進來的學生朝他走過來，他閃過身去，球棒用了點力道敲在那人頭上。

他哥哥沒教過他對付鬼的方式，但教過他對付人的方式，他懂得怎麼敲昏人但不打死人。

轉頭發現路小西不見的百里惜風，此時在裡面猛拍門，「路小西你給我開門!!」

「妳快點畫陣！不要浪費時間！都是人而已，我能應付的，妳快點！」

百里惜風急促喘息著，擔心得要命，但她知道路小西說得沒錯，她又急又氣地開口：「等我出去一定要揍你！」

「怕妳啊！」

外面傳來路小西帶笑的聲音，她又想哭又想笑，只深吸了口氣閉著眼，唸了個靜心咒；等她睜開眼睛的時候，她蹲在地上，拿著蠟筆開始集中精神畫著主咒陣。

而同時間，在外面的苗子青已經傷痕累累。他可以傷鬼但不能傷人，他在體育館四角都撒了鈴，但對方的咒術比他的鈴鐺強；可他要是用手上的鈴環去應付那些人，也沒手畫咒陣。

於是他只得一邊畫咒陣，一邊應付著七、八個學生。

而為了避免那些人踏壞咒陣，他不敢用蠟筆，去白板邊抓了枝油性筆，努力在地上認真畫著。

他已經打昏了三個。開始的時候他還應付著他們，後來全心全意地畫著陣，不顧那些人的拳打腳踢。他對痛感一向很麻木，他只專心地畫著咒陣。他看過百里惜風的曾奶奶的筆記，知道只催動一個咒陣的下場，他不能看著百里惜風冒險受傷，他就是死也要畫好這個咒陣。

一陣陰風從外面掃來，他感覺到了陰氣，但他沒有理會，手上繼續快速地畫著前導咒陣。

那陣陰風伴隨著一聲低啞的怒吼，混進人群，趁勢朝他掃過來；他全身繃緊，再次做好受創的心理準備，身上卻突然發出一道金光打散了那道陰風——

苗子青見了有點想哭，那道金光是護身咒，是景言給他的，現在再也不能用了。

但他忍住沒有哭，他只是快速地動著手，任憑身上傷口越來越多。在人的攻擊和陰風的環伺之下，他終於畫完最一個咒文。

一道陰風更凌厲地掃了過來，破開護體的金光。他抬起手揚起他的鈴，但已經慢了一步，他被那道強勁的陰風掃開去，狠狠地撞到牆邊再滑落地上，瞬間暈了過去。

那道陰風直直穿過苗子青守著的那扇門，直往更衣室去。

百里惜風全心全意地把所有注意力都放在手上畫出來的咒陣。

她還記得小時候第一次畫咒陣的時候，曾奶奶告訴過她：越是危急的時候，越是要靜心，這樣咒才會有效果，否則怒氣和擔憂最容易造成咒術反噬。

於是她現在努力地靜心去畫主咒陣，一股力量隨著她手下拉出的線條和咒語，慢慢地顯現出來。

她盡力不要去想門外的路小西，和最外頭的苗子青。

盡力不要去擔心他們，盡力去相信他們。

就在她竭力不去在意外面路小西和苗子青發生什麼事，就要畫上最後一筆、寫上最後一串咒文的時候，突然一把金色火焰憑空出現朝她撲了過來。她冷靜地捏了個手訣，口裡唸著咒語，那團火焰就分成二股從她身體兩旁竄了過去；她可以感覺到迎面撲來那種刺人的火光熱度，但同時也感覺得到這股火焰的正氣，她想這不是鬼修造成的。

因為這火光的感覺實在太熟悉了，卻又張狂得讓她陌生。像景言的手法又不太一樣，莫非那是景修的火符嗎？

她有些慌亂地停下了手上的咒陣。

她等了一陣子，火符卻沒有繼續攻擊她，她有些遲疑地拾起蠟筆繼續畫她的咒陣；但才剛下筆，那陣火光就又朝她衝來。

她這回結了印，唸了個咒，用著嚴厲而莊嚴的語調，「破火。」

那陣火強力得還撐著到她面前才消失無蹤，只留下一股炙熱的風。

她鬆了口氣。她沒有太多時間可以浪費，又趕緊蹲下來繼續畫她的咒。

但她才凝神下筆畫完最後一條線，就聽見路小西的怒吼，她心裡慌了起來，只想衝出去看路小西怎麼樣了；但還差一步完成咒陣，她卻只能忍著眼淚，深吸了口氣，再唸了靜心咒，然後寫完最後一串咒文。

小西等我……等我寫完……

在她要寫完咒文之前，突然轟的一聲，儲藏室內燃起熊熊大火，她嚇了一跳，不及反應。那陣火把她圈在其中，但並沒有傷到躺在裡頭的方文翊。

百里惜風知道這陣大火只是幻覺，但就算是幻覺，還是會感到炙熱的星火飛竄和呼吸困難的感覺。

煙霧也湧了過來，燻得她淚眼模糊嗆了好幾下。她只得伏低身子，盡力想寫完那個咒陣，但火焰仍不停朝她撲來，她一個縮手不及，火焰燒到了她手腕，立刻燙出好幾個水泡，疼到心裡。

她一個火大，整個人跳了起來怒罵著：「我是看在小言的分上跟你客氣，老娘不發威你把我當病貓!!」

百里惜風雖然罵著但極度冷靜，她閉上眼結了印，唸著水咒。

她知道這座城市裡有條難得一見的水龍在，看天氣的變化、雲的走向她就知道了。她曾跟那條龍焚香祝禱地請安過，雖然對方從來沒有理會，但是她發覺她的水系咒語用得越來越順手，那表示她的請安還是有點效果。

她此刻唸的是水咒裡算是威力強大的咒。

在她覺得自己快被煙霧嗆死之前勉強唸完了咒，一陣水氣迎面撲來，緩解了她的呼吸不適，接著像是水庫洩洪般的大水憑空沖了進來，順著她周圍掃過一圈，卻也沒弄濕任何東西，只帶來一陣濃重的水氣。

趁著那陣火被撲滅之際，她又蹲下來，用最快的速度凝神寫完最後的咒文。

完成後她站了起來，水氣仍然盈繞在她四周保護著她。她不知道現在外面的情形如何，只能祈禱苗子青已寫完了他那裡的咒陣。

她走進她的陣眼裡，閉上眼結著印，催動著咒陣。

她的陣型泛起一陣紅光。

咒陣已成。

而在外面的路小西不需要畫咒陣，只需要專心應付人，所以有三個爬進來的學生已經都被他打昏了；但他並不感到高興，他已經感覺到有陣陰風從各個空隙飄進更衣室裡。

而他抓著球棒緊緊地擋在門前，他要保護百里惜風，無論如何都要。

那陣陰風凝聚出的人形朝他陰冷地笑著，『不要抵抗我……視巫就是給我這種人用的……一人得道雞犬升天你沒聽過嗎？將來我得道了……能渡你成仙的。』

「呸，神明我都看不上眼了，誰要你這種鬼東西！」路小西朝他罵著，「我死都不會把身體給你用！」

『你這叫敬酒不吃吃罰酒。』那個鬼修揚起手，地上凌空出現了閃著亮光的線條，迅速組出了那個五角鎖魂陣。

路小西的臉色變得蒼白，他可不想被這種人強占身體變成植物人。他從口袋裡掏出一把小刀抵在脖子上，用力得滲出血來，大吼著：「在你抽我的魂之前，我就能割斷自己的氣管了！」

鬼修停了下來，似乎真怕他割斷自己的頸子，放軟了語調地開口：『這是何苦呢，跟著我就能成仙了。』

「你到底為什麼一定要成仙？」路小西罵著：「你這種無視於人命的人是得不了道的！」

『你這種小孩子懂什麼道。』鬼修語氣充滿了自滿地開口說：『得道者須拋棄七情六欲，一切不在我眼，區區人命又算什麼？待那些人命助我成仙，我自會助他們得道，這是福報。』

「你個屁福報！你對成仙的執念就註定你成不了仙！」路小西吼了回去。

『你說什麼！』鬼修的怒吼聲響像是巨雷一般地響起，震得路小西耳膜發痛。『你這個不知好歹的小鬼！待我抽你的魂，拔你的骨，啃你的心，食你的肉！』

鬼修怒吼著催動五角鎖魂陣，路小西閉上眼，絕望地握緊手上的刀。

子青、萌萌，對不起……

膚肉被割裂的痛楚，就算早有心理準備也很難忍受。他幾乎忍不住要叫出聲的前一秒，突然覺得身邊安靜下來；但痛感還在，溫熱的血液從頸間流下，迅速將肩膀染成一片血紅。

就在他要更用力之前，他感覺到身邊什麼都靜止了。他停下手，喘著氣，淚眼矇矓地發現殷羅站在眼前，仍然帶著一臉「真拿你沒辦法」的表情看著他。

他沒有放下手上的刀，刀口仍然陷在他頸部的肉裡，他沒忘記這人也想要他的身體。

「怎麼？連我都怕？」殷羅笑著朝他走近了一步。

路小西想搖頭，但是刀還陷在頸裡。他沒辦法，他只是流著淚，喘著氣說：「我……我不想被你控制……我不再事事聽話……我想要見小言一面……我要保護萌萌跟子青……你做得到，我把身體給你……」

殷羅笑笑地說，「甘願嗎？」

「不甘願，但沒辦法。」路小西慘澹地笑著，鮮血從他手肘滴落在地上。

「我們試一次吧，把身體借我，你就知道那是什麼感覺了。」殷羅笑著朝他走近，伸手輕輕取過他手上的刀，在他頸上抬手抹了下，輕聲開口：「我需要你甘願。」

路小西感覺到頸上的傷口瞬間癒合了，但他已經因為失血而渾身無力。他腿一軟地滑了下來，被殷羅撐住，他喘著氣說：「好，借你。」

殷羅笑了起來，把額頭靠上路小西的額頭，瞬間進入他的軀體。

路小西只覺得身上湧出無限的力量，明明這股力量冰冷到像赤身裸體地在冰上行走，但是他卻覺得這份冰冷舒適到了極點。

他感覺到自己在動、在說話，但那卻不是自己。

在路小西閉上眼睛的同時，五角鎖魂咒已經催動，陣式朝路小西撲過來；而本來拿著刀架在頸上已奄奄一息的路小西，突然間睜開眼睛，雙眼閃著凌厲的光芒。

路小西笑了起來，丟了手上的刀，手朝頸上一抹，傷口和流失的血液，消失得一乾二淨。

鬼修驚愕地看著眼前的人。那絕對不是路小西！他不懂怎麼能有東西在他的眼皮底下竄進這孩子的身體。

而路小西望著他，露出一個從來沒在這孩子臉上出現過的瘋狂笑容，「就憑你這三百年的邪道，想跟我鬥？」

鬼修沒有退也沒有進，他不確認眼前的是什麼，只是揚起他的陰風瞬間籠罩了整間體育館。

但那已經是殷羅，而不是路小西了。

殷羅大笑起來，笑到幾乎停不下來，左手像是隨手一揚，更寒冷的陰氣瞬間壓制了所有的陰風。

「你真是找錯人了。」殷羅大笑著，右手一抬，一把鐮刀出現在他手上。大概七十多公分長，頂端的鐮刀相當小巧，有著優美的半弧形，鐮刀內側是雙鉤形狀，柄身上刻著條麒麟纏繞在上，是把又美卻又散發著濃濃死氣的刀。

『搜魂使！』鬼修尖叫，轉身就從窗子竄了出去。

「想跑！」殷羅正要追的時候，聽見儲藏室裡傳來百里惜風的大叫跟撞門聲，門縫間隱約有亮光。

「小西——」

殷羅想追，但他感覺到路小西不願意離開百里惜風，於是停下腳步。

「我不勉強你，但那傢伙日後會成問題的。」殷羅說著，抽開了身子。

路小西察覺到身體回到自己的掌控，他深吸了口氣，低頭動了動身體，感覺沒什麼變化，一抬起頭看見殷羅站在身前，他朝殷羅笑著，「不是有你嗎？區區鬼修我怕什麼？」

殷羅的嘴角彎起一個得意的笑，然後消失在原地。

路小西深吸了口氣，回頭去開門讓百里惜風出來。

「萌萌妳怎麼樣？」

「小西你有事嗎？」

他們同時說話，察看著對方似乎都沒問題，鬆了口氣的同時，又想起苗子青。

他們一起朝外面衝去，看見苗子青失去意識地躺在地上的時候，兩個人都嚇壞了。

「子青！」百里惜風跟路小西把苗子青扶起來的時候，苗子青動了一下。

「你怎麼樣？」百里惜風幾乎要哭出來，而路小西正在察看他頭上跟身上的傷口。

剛恢復意識的苗子青只覺有點頭昏，「我沒事。」才說完，百里惜風就撲進他懷裡，把頭趴在他肩上顫抖著，像是在哭。

苗子青伸輕撫著她的背，看著路小西也是一臉蒼白、渾身是傷，正愣愣地看著他。

苗子青把空著的左手抬起來，伸手勾住他的頸，把他勾到身邊緊緊摟住，和百里惜風兩個一起。

「我們下次，做點安全的休閒活動好了。」苗子青看著他畫的咒陣在發光，知道他們成功了。

而那些被控制的學生也都恢復了神智，正一臉茫然地坐在地上，相互對望。

聞言，路小西和百里惜風一起笑起來，路小西邊哭邊罵：「休閒個鬼啦！下次再也不要做這種鬼活動了！」

三個人又一起爆笑起來。

那時候，他們都還只是單純的為了什麼話都能傻笑的年紀。

也是最簡單幸福的年紀，但充滿冒險的生活，對他們來說，才剛開始。

尾聲

【恐怖！名校深夜鬧鬼學生齊中邪】

苗子青看著新聞標題，好笑地把報紙扔到一邊去，吃起百里惜風餵給他的水果。

路小西負責削跟切水果，百里惜風負責餵。

「咒陣後來有去擦掉嗎？」苗子青突然想到。

「有啊，我扶你回去的時候，萌萌去擦掉了。聽說劉孟勳醒過來了。」路小西削著蘋果說。

「嗯。我昨天大概是打太多止痛藥沒聽很懂，你說還有個黑袍人？」苗子青轉向路小西，咬了一口百里惜風餵給他的桃子。

「嗯，我進去阻止方文翊上吊的時候，裡頭有個黑袍人，本來想殺我的，那個鬼修突然阻止，說我是難得一見的視巫，大概是把目標轉到我身上了。」路小西毫不在意地回答。

百里惜風聽了有點無奈也有些擔憂，跟苗子青互望了一眼。

苗子青忍不住開口問：「你都不擔心的？」

路小西想起殷羅，背對著苗子青削果，想想就回頭對他們笑了一下，「我有你們，還怕什麼？」

「我們又不是萬能的。這麼一說，子青先衝進去的時候沒碰到黑袍人，但我的確看見有個穿著黑斗篷的人擠進人群裡走了。那些學生並沒有攻擊他，我想可能就是他趁機控制學生的，鬼修那時候忙著對小西不利，應該沒時間控制學生。」

「為什麼他要逃走，不攻擊我們倆？」苗子青一臉疑惑地望著百里惜風。

「我怎麼知道，有可能是知道打不過我們吧。」百里惜風笑笑地說，又想起她遇到的火陣，就湧起一陣惱怒，但更多的是無奈，「我有跟你們說，我在畫咒陣的時候，遇到火符攻擊我嗎？」

苗子青愣了一下，轉頭望向百里惜風，「哪來的火符？小言放妳身上的？」

「放我身上的還攻擊我嗎？」百里惜風好笑地瞪了他一眼，又塞了塊桃子到他嘴裡，「我猜是那本我們一直沒找到的社團日誌搞的鬼。」

路小西把蘋果端過來給百里惜風，又去抓了水梨，回頭望著他們也很無奈，「我後來將整個社辦都趁機搜過了，怎麼也找不到那本日誌。」

「火符攻擊妳，有可能是景哥在日誌上做的手腳。體育館離社辦太近了，有人在附近畫咒陣，日誌上有設定好的符紙就自動發動。」苗子青微笑著想起景修那張狂的身影。

「有可能八年前，景哥他們跟我們一樣，擊退過那個鬼修，只是也像這次一樣被他溜走了。我們的咒陣威力比我想的還要強大，咒陣啟動他就溜了，可惜沒能讓我逮到。」百里惜風撇撇嘴角，塞了蘋果餵苗子青，自己也吃了一塊。

路小西背對著他們吐吐舌頭，不敢說讓殷羅上身的事，只繼續削著水梨，三個人打算拿水果當午餐了。

「社團日誌裡一定有線索，我們得找到社團日誌才行。」苗子青皺著眉說。

「日誌不可能離開社團，所以一定還在裡頭，要找到它，下次我們可能得鑿牆挖地了我想。」路小西無奈地說。

「不管如何，這次能平安無事就算萬幸了。」百里惜風笑著，又給苗子青餵了塊桃子。

路小西笑著又拿過奇異果切。

三個人都有種劫後餘生的慶幸與幸福感。

苗子青躺在床上，右手和左腿骨折，頭部明明包得像個印度人，但笑得很開心；路小西在切水果邊切邊笑，而百里惜用著溫柔的笑意給苗子青餵水果。

當苗子璇走進病房的時候，看見的就是這個景象。

她實在是好氣又好笑，「我怎麼從來不知道我弟弟厲害到左擁右抱？」

路小西愣了一下，好笑地看著苗子璇，「他只是取代了小言的位置而已。」

苗子璇怔了怔，在感嘆的同時又笑起來，「是呀，以前小言還不只左擁右抱呢。」

如今想起景言，他們已經慢慢用感傷和玩笑取代了痛苦，開始有了懷念的心情。

而百里惜風終於意識到時間差不多了，把手上的水果碗交給苗子璇，「餵食交給璇姐了，我得回去了。」

苗子青正想問的時候，想起來今天是第三天，百里惜風得回去卜卦那個女兒的事，只好滿心不願地開口：「卜完卦早點回來。」

「嗯，搞定就回來，你別亂跑下床。」百里惜風朝他笑著，又望向路小西，「看著他點，不然馬上溜出去了。」

「我會看著的，早點回來。」路小西好笑地回答。

「璇姐，拜~」百里惜風朝苗子璇打了招呼就風一般地走了。

苗子青回頭看苗子璇睨著他，縮了下肩膀，「怎、怎麼了？」

「還早點『回來』呢，你娶了人家呀？」苗子璇用食指戳戳她弟弟的額頭。

苗子青悶了一下，扁著嘴說：「哎唷，萌萌比較喜歡來我這裡嘛，她在家又過得不好。」

苗子璇大約聽朋友蘇雨說過，知道百里惜風繼承了百里家，只是她從來沒去問過。如果百里惜風想讓人知道，應該早就說出來了。

看在這麼乖巧的女孩分上，苗子璇認命地當個好姐姐給她弟弟餵水果。

而百里惜風一回到家，全家就排隊等著給她端茶拿水果。她什麼都沒拿，就抓了杯她同母的哥哥遞給她的水喝了，然後走到她二嫂面前。

她二嫂看見她就紅了眼眶，百里惜風語氣溫和地開口：「二嫂，妳願意接納那孩子嗎？」

二嫂看了她先生一眼，對方滿臉哀求與期待，她只是滿心委屈地點了點頭。

百里惜風忍不住又問了句：「真的甘願？」

她二嫂猶豫了會兒，低著頭想了好半晌，最後抬起頭來看著百里惜風，眼神裡有了些認命的感覺。

她嘆了口氣望向她爸和二媽，「爸媽呢？」

他爸嘆了口氣點點頭，二媽有些抱歉地望著媳婦，「總歸是我們莫家的孩子……」

「人呢？」她望向二哥。

她二哥連忙開口：「在路口的速食店，妳沒說好我不敢讓她進來。」

百里惜風無奈地望向她二哥，「我去沐浴更衣然後卜卦，等我收卦在大堂見她。你先讓她見見二嫂跟爸媽吧，這還得看曾奶奶的意思。」

「當然當然。」她二哥用力點頭。

百里惜風說完就走進她的樓裡，經過後堂口的時候，莫同給了她一個微笑。

她覺得心裡暖了一點，只希望苗子青跟路小西也能在就好了。

百里惜風嘆了口氣，認命地去沐浴更衣，進了祠堂卜卦。

她穿著白袍，嘴裡喃喃唸著要跟曾奶奶說的話，然後將手上的三枚古銅錢扔在她的跪墊前。

她看著卦象愣了一下，臉色劇變。

她隨即又卜了二次，結果還是一樣。她咬著下唇想著該怎麼辦，但想想又換了個問題再卜卦一次，她又愣了一下，再重複兩次仍然一樣，這下她一頭霧水了。

但卜卦六次是極限了，既然兩個問題三卦都相同，也沒什麼好說的了。她穿著她的白袍走出小樓，到平時家人在的大堂去，明鋪今天都由姪子們看店。

她走出大堂坐到主位上，她左邊坐她爸跟二太太、她媽媽跟四太太，大太太身體不適，一直臥病在床。

而右邊坐著她大哥大嫂、二哥二嫂，排下去，坐不下的都站後頭去了。

她一坐下，她二哥連忙牽著個女孩過來。女孩穿著名校聖蘭的制服，長相清秀可愛，一頭長髮亮麗柔順，人看起來乖巧可愛。

「萌萌，她跟母親姓蘇，叫維玲。」說完又忙轉向女兒，「玲玲，叫三姐。」

「三姐。」蘇維玲低著頭，有點害羞或者是緊張的模樣，看起來頗惹人憐愛。

百里惜風看了半晌才開口，語氣冷漠，「頭抬起來我看看。」

二哥聽見百里惜風的語氣覺得不妙，連忙推了下女兒。

蘇維玲才抬起頭來，看著百里惜風又叫了一次。「三姐。」

百里惜風這回看清楚她的容貌，她總覺這女生有些面熟。一雙鳳眼狹長，挺有點楚楚可憐的味道，削瘦的臉頰有著漂亮的弧度；一雙菱角唇微微彎起，就算不笑也有著一臉笑意，她想這女孩的媽媽一定是個美人。

她只是安靜地看著她，直到她低下頭。

而家人們都有些不安，因為百里惜風的反應很奇怪。

百里惜風沉默了將一分鐘才開口：「曾奶奶准了，今天起妳就是莫家的女兒。妳不必改姓，家裡規矩多，跟妳爸爸學清楚。妳母親剛走，我不求妳要孝順我二嫂，但妳要是對她不敬，這個家妳就不用待了。祠堂今天起封閉，誰都不准進，就這樣。」

百里惜風說完就走了，神色嚴肅到沒有人敢開口問她。

而她只是直直走進祠堂，確認了每一盞燈，然後把祠堂門關上，拿出許久不用的大鎖鎖上，用墨筆在周圍寫著禁咒。

她蹲在那裡寫了將近三個小時，最後是一直等在外面的莫同扶她起來的。

「發生什麼事了。」莫同扶她進小樓，讓她坐下，給她倒了杯水才開口問。

百里惜風喝了幾口水，神情有些委屈，「我不知道……該怎麼處理……」

莫同聽得懂她指的不是讓那女兒進門，而是更嚴重的事。「我會看著她的，有危險嗎？」

百里惜風不確定，只按著莫同的手，小聲開口：「絕對不要讓她接近祠堂，我的小樓也一樣。不要讓她過手任何東西給爸媽，你要幫我看著，今天起我會盡量在家的。」

莫同笑了笑，「如果她的目標是妳，那妳盡可能不要在家不是更好？」

百里惜風愣了一下，只搖搖頭，「我不知道怎麼說，也許只是我多心，也可能是我誤會曾奶奶意思。」

「沒有人比妳更理解老夫人的想法，但妳要沒自信就去找苗子青。」莫同說著，神情很認真，「妳信他，去跟他商量。」

百里惜風猶豫了很久才點點頭，「嗯，我去換衣服。」

「嗯，我去盯住她。」莫同笑著，揉揉她的頭，轉身走出她的小樓，臨出門前又被百里惜風叫住。

「同哥。」莫同回頭，百里惜風朝他笑著，「謝謝。」

「自己人，說什麼謝。」莫同笑著朝她揮揮手走出去。

而百里惜風只是衝進房裡脫了白袍隨手掛在椅子上，抓了件洋裝穿上。

她現在滿心只想見到苗子青跟路小西。

因為她知道，風暴才要開始來臨而已。

——待續

番外〈體溫〉

在她十三歲以前，她從來不曉得，人是有體溫的。

她以為是自己不一樣，後來才曉得，原來是曾奶奶和別人不一樣。

從小除了曾奶奶以外，家裡沒有人抱過她，那時候她以為那些對她很客氣卻不敢碰她的都是「客人」。

她的生活天地只有那座小樓。

那裡有間大廚檯的廚房、曾奶奶的房間跟上面的小閣樓。

小樓裡還有個漂亮的房間，曾奶奶說那是她的房間，等她長大了給她一個人睡。

她看著粉藍的窗簾和白底碎花的床單，好想快點長大。

那些「客人」每天都來跟曾奶奶跪拜，每個都恭謹謙和地喚著曾奶奶做「老祖宗」，但從不抬頭看曾奶奶的臉。

她一開始以為這些客人對曾奶奶真不敬，後來意識到那不是不敬，那是怕。

客人總是每天來跪拜請安，每到過年過節的時候就要跟他們一起吃飯。

每個客人總是把最好的菜留給她，久了之後，她注意到總有個漂亮的阿姨盯著她看；她要是意識到了，那個阿姨就對她笑，笑得有些小心翼翼，像是怕她討厭。有幾次還想接近她又不敢，手裡老是緊緊抓著幾顆花花的圓球，想要給她卻又不敢。

只要過年，那個漂亮阿姨就會坐在她身邊，但她總緊挨著曾奶奶坐。曾奶奶給什麼吃什麼，但那個阿姨給她夾菜的時候，曾奶奶總不會拒絕。

到她懂事了，她開始意識到那個漂亮阿姨長得跟自己很像。

她問過曾奶奶，但曾奶奶只是摸摸她的頭，什麼也沒說。這幾年越見僵硬的臉已經擠不出笑容了，但她知道曾奶奶在笑。

於是她不問了，曾奶奶沒說的事就不問。

到了她七歲生日的那一天，曾奶奶讓那個阿姨進來小樓。阿姨臉色看起來很緊張，對著曾奶奶也總低著頭不敢看；但見了她之後，什麼緊張跟害怕都沒了，只是對她笑，眼裡閃著淚光。

那天阿姨帶了件她從沒見過的洋裝，不像曾奶奶給她穿的對襟衫，就像客人裡有個比她大點的姐姐，總穿著的那種有著漂亮花邊的裙裝。

她開開心心地讓阿姨給她換上，然後察覺到了「溫度」。

她抓住阿姨的手，疑惑地問：「妳的手為什麼是熱的？」

那阿姨一下哭出來，伸手抱住她，大哭著說：「我對不起妳，我對不起妳。」

她嚇了一大跳，什麼也不敢再說。第一次意識到，原來他人身上也是有著溫度的，又熱又柔軟。

她有些慌張地拍著那阿姨的背，就像她唸不好咒而很難過的時候，曾奶奶也總這樣抱她，拍她，拍她的背。

阿姨只哭了幾聲，連忙放開她，抹抹淚水，紅著眼睛對她笑，「沒事，阿姨沒事。」

阿姨繼續幫她穿好洋裝，幫她把長髮仔細地梳理，把她側邊的頭髮抓了一束綁到腦後去，給她紮了個蝴蝶結。

阿姨按著她的肩，把她帶到鏡子前，笑著對她說：「好漂亮呢。」

她看著自己，有著陌生的感覺，鏡子裡的小女生漂亮得就像客人姐姐送她的洋娃娃一樣。但那不像自己，她覺得衣服很漂亮，但她還是喜歡她的對襟衫，那才像曾奶奶。

但她看阿姨那麼高興，她也對著鏡子笑了一下。那一瞬間，她意識到自己的笑容和阿姨好像。

那天，阿姨只幫她換了衣裳，打理好頭髮，曾奶奶一來她就退出去了。

曾奶奶看著她，又扯了下僵硬的臉說她可愛。

她吐吐舌頭，說不可愛，她喜歡跟曾奶奶一樣的對襟衫。

曾奶奶的眼神看起來很開心，伸手摸摸她的頭，說今天很重要，她要告訴她一件事。

她那天才知道，原來那個阿姨就是她所謂的「母親」，而那個總坐在她身邊的男人是「父親」，那些客人是她的親人，是兄弟姐妹。

曾奶奶說，她七歲之前有大劫不能認親，這個劫直到今天，曾奶奶終於擋掉了。她今天過了七歲，今天起她能認親人了。

她可以選擇晚上去和家人一起度過，不必睡在曾奶奶的小樓裡。

曾奶奶這麼說的時候，眼神卻充滿了落寞。

她馬上搖搖頭，說她要跟曾奶奶一起住，她的房間在小樓裡，她長大了要住在那裡。

曾奶奶笑了，很艱難地彎下腰抱抱她，「會很辛苦的。」

那時候她不懂曾奶奶的話。她並不覺得咒術辛苦，不覺得和客人一樣的親人相處辛苦，不覺得和那個漂亮阿姨說話很辛苦，雖然她有點愛哭。

只要能跟曾奶奶在一起，再怎麼辛苦她都覺得無所謂。

那一年她七歲，她認了家人，知道自己在所謂的戶籍上其實姓莫。

那時她還不懂得什麼叫辛苦，也不懂得家人是什麼樣的概念，更不懂外面的世界是什麼樣子的。

直到她開始入學唸書，開始和家人互動，到她十三歲時曾奶奶走了之後，她才終於懂得曾奶奶的意思。

那年，她終於懂得她母親當年緊緊抓在手心裡的圓球是什麼東西。

那年，她認識了景言，景言帶來了苗子青，苗子青帶來了路小西。

她吃到了第一顆糖果，認識了二個朋友，也懂了，曾奶奶說的辛苦。

——番外〈體溫〉完

靈偵少年

《人物設定》

苗子青

原本是校際籃球選手，身材高大壯碩，一臉凶惡，看起來不好惹；有時又給人非常大剌剌、有點白目沒有神經的感覺。但必要時候穩重細心，非常關心自己的姐姐和朋友。特別是痛失好友景言之後，對周遭親友更加小心翼翼。

年齡：18歲　身高：178　體重：77

特殊能力：控魂。
控魂的道具為手上鑲滿銀鈴的金環。

百里惜風

在外面是個陰沉的孩子，經常安靜，一臉不在乎的模樣，不太愛笑。乍看刁蠻古怪，但其實是個很纖細敏感的女生。在莫家家中是個特殊的存在，類似守護神保護一家不受仇敵侵擾，既被敬畏又被疏遠。

年齡:17歲　身高:160　體重:50

特殊能力:擅咒術。

路小西

和苗子青是青梅竹馬。原本是個乖巧、安靜，很聽話的平凡小孩；直到過了18歲生日時，因故痛失和苗子青共同的好友景言之後，個性變得患得患失，帶點叛逆。

年齡:18歲　身高:164　體重:54

特殊能力:有「視巫」血統，能預見未來。但是18歲生日前夕「視巫」的能力才突然覺醒，能力並不穩定。

後記

很高興又能在八月用新書和大家見面。

這次的故事，仍然承襲著《特偵X》的世界，寫著三個年輕人的故事。

我是第一次嘗試用女孩子當主要角色。

我在第一次寫百里惜風的時候，就想著我之後一定要寫她，在寫《特偵X》第三集〈冥主的使者〉的時候，明鋪莫家的設定慢慢在我腦裡展開來，百里惜風的一生就開始盤據在腦子甩不掉了。

我其實不太擅長寫女孩子，但寫著她跟苗子青那種朋友以上戀人未滿的狀況很有趣。他們雖然互稱男女朋友，但事實上他們都還對戀人這回事懵懵懂懂的，只知道自己喜歡對方，但那還不叫愛情，是深切的友情再加點曖昧的情愫。

我還是第一次認真地去寫男孩跟女孩之間的情感，其實非常地有趣，也希望大家會喜歡萌萌和子青。

而這次另一個重點是路小西，他遇到了一個升不了天的正神，他特殊的體質讓每個鬼都想侵占，但最後他會不會答應殷羅，大家有興趣的話，下一集會揭曉。

最近收到了一位讀者的來信，寫了對我的書的感想，讓我感到非常感動。當你想表達在書裡的意念，被你的讀者完整接收的時候，那種滿足感是無法用語言說明的，謝謝來信的小夜，也希望我能有更好的文字能力來表達我的感謝，每當這種時候，我就覺得我選擇的這個工作是如此地美好。

這次的寫作遇上了一些身體上的狀況，這半年來身體的一些狀況讓我嚴重地失去專注力，剛開始的時候我以為我只是懶得工作，但到最後發覺基本上我不想工作就是個警訊了。於是我盡快地去就醫也開始嘗試正常作息，目前為止很好，也順利地把書趕完，這要感謝我的兩位編輯。

我的私人編輯千蟻，也只有妳總比我更瞭解我自己，在我不相信我自己的時候相信我，在我沒有動力的時候在後面推我，沒有妳我的生活就像一團泥沼，感謝妳拉我出來並且治癒我，妳是我的家人，希望我們能一起走得更遠。

還有我的高寶編輯佳文，沒有她一再地鼓勵和支持、理解，我可能做不到完成《靈偵少年》，自信是我最缺乏的東西，謝謝妳總願意給我信心，並且比我自己更相信我。

我熱愛寫作，到現在為止我仍然慶幸自己走了這一行，雖沒有什麼了不起的成就，但能帶給讀者一些娛樂，就是我寫作的初衷了。

再感謝一次我的編輯佳文對我的關懷和加油，還有因為我拖延造成困擾的美編跟主編，謝謝三日月的大家對我的支持和理解，我會更努力地養好身體，讓下一本書不再拖延到截稿的。再一次謝謝三日月的每一位支持我的工作人員們，能讓我無後顧之憂地工作。

最後，也謝謝大家看到這裡，希望下一本很快就能跟大家見面，也希望大家能喜歡百里惜風、苗子青和小西。如果有任何想法，都希望能與我分享，我雖然不是很擅長回信，但是我都有看，並且記在心裡。

謝謝看到這裡的每一位，和購買、閱讀本書的每一位讀者，我們下一本再見。

蒔舞　二〇一四年七月

特偵X -ten-

全六冊

不管多兇惡的鬼，
剛開始也都是人殺的……

特偵組裡有一個神秘的第十隊，
他們專辦「非人」的案件……

失去一切的蘇雨，捨棄天師的身分投身警界效力，
能力超群，卻逃避的不願去面對一切有關「非人」的事件，
陰錯陽差之下他受命接下偵十隊的擔子，
帶領一群成事不足的小菜鳥天師辦案，
也讓他的命運再度與數年前的慘案繫上。
已逝者喚不回，人類藐視鬼神的所犯下的災厄卻還沒停止，
在重重的謎團之下，還未成熟的十隊該怎麼面對前所未有的難題？

蒔舞 著　KituneN 繪

輕世代
FW095

鹿鳴高中的夏季園遊會即將來臨！
但我正體驗忙碌又熱鬧的園遊會時，麻煩就接踵而來—

沈霽呼吸急促地發問：「……妳願意、跟我，跳舞嗎？」
壽麻則奸詐地下了命令：「妳得跟我跳第二支舞。」

媽呀！這什麼二選一的窘境，同學！你們可想過有過敏症的我該怎麼辦嗎……

P.S.相愛相殺的離姬爸媽番外篇——感人的最終回登場！

高寶書版集團
gobooks.com.tw

輕世代 FW100
靈偵少年01失魂

作　　者　蒔　舞
繪　　者　六百一
編　　輯　許佳文
校　　對　林紓平、江佳芳
美術編輯　陸聖欣
排　　版　彭立瑋
出　　版　英屬維京群島商高寶國際有限公司臺灣分公司
　　　　　Global Group Holdings, Ltd.
地　　址　臺北市內湖區洲子街88號3樓
網　　址　gobooks.com.tw
電　　話　(02) 27992788
電　　郵　readers@gobooks.com.tw（讀者服務部）
　　　　　pr@gobooks.com.tw（公關諮詢部）
傳　　真　出版部　(02) 27990909　行銷部 (02) 27993088
郵政劃撥　19394552
戶　　名　英屬維京群島商高寶國際有限公司臺灣分公司
發　　行　希代多媒體書版股份有限公司/Printed in Taiwan
初版日期　2014年9月

國家圖書館出版品預行編目(CIP)資料

靈偵少年. 1, 失魂 / 蒔舞著.-- 初版. --
臺北市：高寶國際, 2014.09-
　冊；　公分. --

ISBN 978-986-361-047-2(第1冊：平裝)

857.7　　　　　103014653

三日月書版

三日月書版

GOBOOKS & SITAK GROUP©

GOBOOKS
& SITAK
GROUP©